MAYU SHINJO
1
LOVE CELEB
AKIKO

AKIKO

Original Japanese edition published in 2004 by Shogakukan Inc., Tokyo
French Translation rights arranged with Shogakukan Inc. through the Kashima Agency

ISBN 2-7545-0027-8
Dépôt légal août 2006

Traduction : Maho Nakamura
Adaptation graphique : Yannick Lenotte, Thomas

KIRARA NAKAZONO À PEINE 16 ANS
ET ELLE CONNAÎT DÉJÀ LA RUDESSE DE CE MONDE...

MAYU SHINJO
http://www.mayutan.com/

LOVE 1
CELEB

LOVE CELEB

NOO-
OON !
VE...
VENEZ, VENEZ
VOIR ! !
Y'A
QUEL-
QU'UN AUX
TOILETTES
QUI...
UNE
PERSONNE
EST MORTE ! !

BON COUPEEEZ !
MERCIII !
OK, CHANGE-MENT DE PLA-TEAU !
DIS DONC, TU AS BIEN JOUÉ TOUT À L'HEURE !

WAOOUH !
C'EST VRAI ? VOUS TROU-VEZ ?!
C'EST QUE J'ME SUIS APPLIQUÉÉÉE ...
AYAKA !!
IL S'EN FOUT
SANS TOI CE FILM NE TIENDRAIT PAS !!
MERCI !
...
ÉCOEU RÉE
EUH... ET MOI, J'ÉTAIS COM-MENT ?
J'AI BIEN MIS MA TÊTE DANS LA CUVETTE ?
AH OUI, IL N'Y A PLUS DE SCÈNE AVEC TOI, TU PEUX RENTRER.
HEIN ?
MAIS... APRÈS ON DOIT REPRENDRE UNE SCÈNE, ET JE DOIS ENCORE...
ATTENDEZ ATTENDEEEZ

AH OUI... ON L'A COUPÉE...
NOOOOOON
NOOOOOON
AH OUI... ON L'A COUPÉE
NOOOOON
AH OUI... ON L'A COUPÉE
NOOOOON
AH OUI... ON L'A COUPÉE
OUI... C'EST ENTENDU...
M. HANAMAKI !!
OUI, ÇA VA...NOUS ACCEPTONS N'IMPORTE QUEL RÔLE... OUI... EH BIEN...
MAIS M. HANAMAKI !!

MON AGENT M. HANA-MAKI !!
LA FERME ! QU'EST-CE QU'IL Y A ?
C'ÉTAIT UN APPEL POUR TON PROCHAIN BOULOT !!
DE TOUTE FAÇON ÇA DOIT ÊTRE ENCORE DES RE-PORTAGES POUR DES ÉMISSIONS DE CUISINE À LA CON...
LE CAFARD DE L'AUT' FOIS, J'POUVAIS QUAND MÊME PAS L'BOUFFER
TOUT À FAIT !!
COMMENT TU SAIS ?
MAIIIS ! QUAND EST-CE QUE J'AURAI UN TRAVAIL CONVENAAA-BLE ?!
TAP TAP
ON VOIT TA CULOTTE
IL Y A EU LA FÊTE DU MAILLOT DE BAIN EN PLEIN HIVER...
GLA GLA
ET AVANT ÇA, UNE ÉMISSION DE VARIÉTÉ TARD LA NUIT, AVEC LES YEUX CACHÉS.
ÇA N'A PAS D'SENS !!
PUIS AUJOURD'HUI, JE SUIS UNE LYCÉENNE QUI SE FAIT TUER DÈS LES CINQ PREMIÈRES MINUTES DU TÉLÉFILM !!

J'SUIS PAS ENTRÉE DANS LE SHOWBIZ POUR FAIRE DES TRUCS PAREILS...
TIENS ? ET LE TOURNAGE, AYAKA ?
IL Y A BEAUCOUP D'ATTENTE, ALORS J'VAIS À MON COURS DE CHANT.
SALUUUT !
BAH TU VOIS, J'VAIS ENREGISTRER MON PREMIER ALBUM !
POUM
OUAH ... SUPER ...
BON BAH J'VOUS LAIIISSE !
TIENS BON AVEC TES ÉMISSIONS DE FIN DE SOIRÉE, KIRARA !
FIN DE SOIRÉEEE

TOUT, TOUT CE QUE J'AIMERAIS AVOIR... MON RÊVE...
ET LE DERNIER MODÈLE DE SAC VUITTON
UN STYLISTE PAR CONTRAT, UN COIFFEUR PAR CONTRAT
AU RE-VOIR.
UN JOUR... MOI AUSSI...
SCRITCH
UN JOUR...
LE RÔLE PRINCIPAL DU FILM, ET MAINTENANT UN DISQUE...

...
HEIN ?! QU'EST-CE QUE VOUS V'NEZ D'DIRE ?!
JE REPRENDS... JE TE DEMANDE SI TU ES VIERGE...
MAIS...
MAIS...
LE PROCHAIN TRAVAIL A UN RAPPORT AVEC ÇA ?
BA BOM BA BOM BA BOM BA BOM BA BOM BA BOM
MAIS C'EST QUOI CE BOULOT ?!
EH BEN... POUR LE MOMENT...JE SUIS VI... VI... VIERGE
AH BON... C'EST DOMMAGE...
HEIN ?
BAM

PEUT-ÊTRE QUE...
T'AURAIS DÛ LE FAIRE UNE FOIS AVEC MOI.
M. HANA-MAKI ?!
BA BOM
BA BOM BA BOM
M. HANA-MAKI !!
1 2 3 4 5 6 7 8
KLINGG

ALLEZ, ÇA SUFFIT ! ! VA CHERCHER DU BOULOT EN EXPOSANT TON CORPS !
BONG
PAF
HÉ...
M. HANA-MAKI !
VLAM
SHUUUU
MAIS C'EST QUOI ÇA ?!
J'ME SUIS COGNÉE LE NEEEZ
CHERCHER DU BOULOT...
JE CROYAIS JUSTEMENT QU'ON PARTAIT TRAVAILLER...
PUIS ON EST OÙ D'ABORD ?!
GAUCHE
DROITE
UN APPARTEMENT D'UNE SEULE PIÈCE ?

DISCRÈTE...
HÉ, DIIIS, J'AIMERAIS BIEN JOUER DANS LE PROCHAIN FIIILM...
Y'A DES GENS ?
REGARDE COMME J'AI DES GROS SEIIINS !
J'PEUX TE LES MON-TREEER !
HA, HA, HA... BON BAH, J'VAIS P'T-ÊT TE D'MANDER DE T'DÉSHA-BILLER.
MOI J'SUIS DOUCE À TOU-CHEEER !
RE-GAAARDE ! MÊME LES FOOOR-MES !
POOOING POOOING
OOOH, C'EST VRAI...
MAIS C'EST QUOI ? C'EST QUOI ? ÇA A L'AIR COCHON TOUT ÇA ! !
TIEEENS... T'ES UNE FILLE DE QUELLE BOÎTE ?

HÉ HÉ
HÉ... PAS MAL
J'SUIS PRODUCTEUR À JTV, J'SUIS UN PEU CONNU TU SAIS.
J'M'OCCUPE AUSSI DU FILM DE MARDI PROCHAIN À 9 H...
HÉ, TU VEUX PAS T'DÉS-HABILLER ?
QU'EST-CE QUI SE PASSE ? !
MAIS ...
T'AS... D'LA CHANCE ...
AUJOURD'HUI Y'A KITANO LE METTEUR EN SCÈNE, ET TSUNTSUKU LE PRODUCTEUR MUSICAL.
FAIS-LEUR DU CHARME À FOND ...
AVEC CE CORPS ...
VA CHERCHER DU BOULOT EN EXPOSANT TON CORPS.

QU'EST-CE QUE ÇA VEUT DIRE...
ÇA... ?
EXCU-SEZ-MOI !
FAUT PAS DÉCONNER !!
ATTENDS !!
GRIP
JE ME SUIS TROMPÉE DE CHAMBRE !!
LAISSEZ-MOI !!
ALLEEEZ...
ICI, L'ASCENSEUR EST LA PORTE DE LA CHAM-BRE. SANS LA CARTE, ELLE N'OUVRE PAS.
ON L'A DONNÉE D'AVANCE À TON AGENT.
SCHLAAAK
PARCE QUE SINON C'EST MOI QUI...
LÂCHEZ-MOI !!

Y'A QUE LE CANAPÉ, EXCUSE... C'EST TRISTE, MAIS LA CHAMBRE EST FERMÉE.
ET... AH OUI...
BAM
AH !
HANAMAKIIII !
JE VAIS TE...
POUR LE PROCHAIN FILM... ÇA T'DIRAIT DE JOUER LA RIVALE AMOUREUSE DE L'HÉROÏNE ?

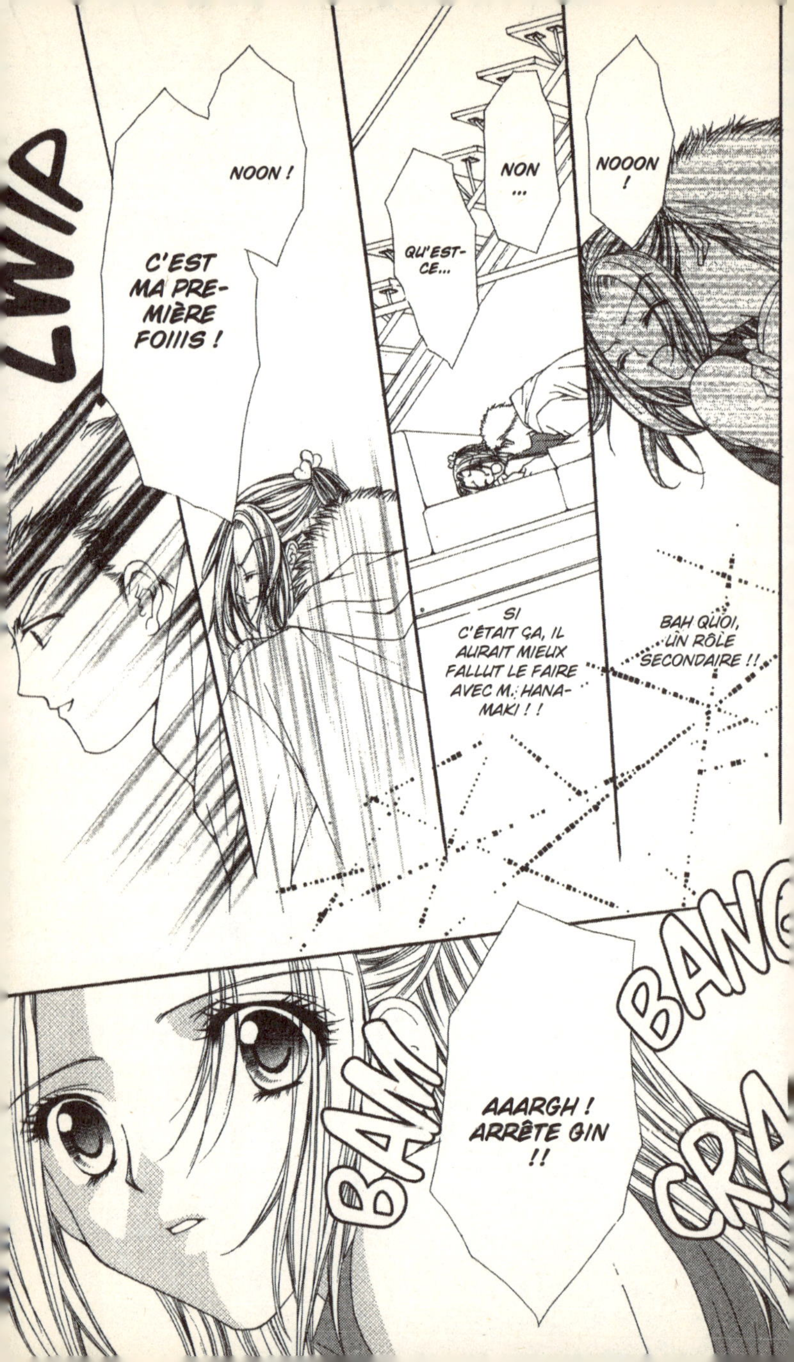
NOOON !
NON ...
QU'EST-CE...
NOON !
C'EST MA PREMIÈRE FOIIIS !
LWIP
BAH QUOI, UN RÔLE SECONDAIRE !!
SI C'ÉTAIT ÇA, IL AURAIT MIEUX FALLUT LE FAIRE AVEC M. HANAMAKI ! !
BANG
CRA
AAARGH ! ARRÊTE GIN !!
BAM

IL M'A... SAUVÉE ?
C'EST QUI ?!
CE PRINCE CHARMANT ...

AUX CHEVEUX COULEUR D'ARGENT.
HAAAN !
TROP BEAUUU !
ÇA VA ?
OU OU OU ... OUI !
LE POULAIN FAVORI D'UNE BOÎTE DE PROD' ?! OU BIEN UN MANNEQUIN DE RENOMMÉE MONDIALE ?!
EN TOUT CAS ÇA DÉPASSE LE CADRE DU SHOWBIZ JAPONAIS !!

HÉ, TOI !!
TU TOUCHES PAS À MON GIBIER !!
GIBIER ?
GIN... TU VIENS JUSTE DE TE RAMENER, ET TU PARLES DE GIBIER.
J'TE DIS QUE C'EST À MOI, TU DISCUTES PAS.

BA BOMMMM
J... J'AI COM-PRIS...
ON PEUT PAS FAIRE FACE À GIN...
MA PAU-VRE... TU AS EU PEUR ?
EUH... NON...
IL...
CLING
TU TE DÉBATTAIS, C'EST NOR-MAL.
BA BOM
BA BOM
BA BOM
POURQUOI IL EST SI GENTIL AVEC MOI ?

C'EST TA...
HEM
... PREMIÈRE FOIS...
NE T'INQUIÈTE PAS.
TU NE CRAINS PLUS RIEN.
C'EST MOI QUI VAIS TE PRENDRE.
BA BOM
QUOIIIII ?
JE SERAI TON PREMIER HOMME ...
T'ES PAS SATISFAITE ?
CRIISH
BA BOM BA BOM BA BOM BA BOM
C'EST... C'EST PAS ÇA...

BAH C'EST COMME TOUT À L'HEURE...
BA BOM
EUH... JE...
IL EST CANON, MAIS FAUT PAS SE LAISSER FAIIIRE...
A... ATTEN-DEZ UN PEU ! !
GRR
...
POUR-QUOI... C'EST MOI ?!
POUR-QUOI VOUS ME...
SI TU FAIS CE QUE JE TE DIS, TOUT IRA BIEN
POURQUOI... IL M'ARRIVE UN TRUC PAREIL ?!

PARCE CE QUE J'SUIS BEEELLE !
DE TOUTE MANIÈRE, SI C'EST POUR LA METTRE, UNE VIERGE C'EST PLUS PROPRE, C'EST MIEUX NON ?
HEIN...
J'AI PAS ENVIE DE LA METTRE DANS UNE FILLE QUI COUCHE AVEC N'IM-PORTE QUI.
PARCE QUE C'EST TOI LA PLUS BELLE*.
BELLE...
ROUUUGE
*: BELLE, KIREI, PEUT VOULOIR DIRE "PROPRE" AUSSI EN JAPONAIS. NDT.

METTRE ...
QU... QU'EST-CE QUE VOUS RACONTEZ ?
J'ÉTAIS CURIEUX DE DÉCOUVRIR LE MONDE DU SHOWBIZ, MAIS...
C'EST PLEIN DE MEUFS QUI PENSENT QU'IL SUFFIT DE COUCHER POUR RÉUSSIR.
C'EST SANS INTÉRÊT !!
JE PRÉFÈRE LA POLITIQUE.
IL EST...

VIENS... JE VAIS T'PRENDRE,
C'EST POUR ÇA QUE T'ES VENUE, NON ?!
QU'EST-CE QUE TU AIMERAIS ?
LE PREMIER RÔLE D'UN TÉLÉFILM ? UN RÔLE PRINCIPAL AU CINÉMA ? UN PREMIER ALBUM AVEC UN TUBE GARANTI ?
OU... UN GROS CACHET ?
NK

PUTAIN ...
TU...
PLOC
ELLE CHIALE !!
PEUT-ÊTRE QUE POUR TOI C'EST UN MONDE SANS INTÉRÊT, MAIS IL Y A AUSSI DES GENS QUI TRAVAILLENT EN EXPOSANT LEUR CORPS !!
PLOC PLOC
PLOC PLOC
ET C'EST À CAUSE DE MECS COMME TOI, QUI NE PENSENT QU'À MANIPULER LES FEMMES !

MÊME LES FILLES LÀ-BAS, QUI COUCHENT AVEC CE VIEUX...
C'EST PARCE QUE DE TOUTE LEUR FORCE, ELLES VEULENT AT-TEINDRE LEUR RÊVE.
SI TU CROIS FAIRE CE QUE TU VEUX DES AUTRES GRÂCE À L'ARGENT ET AU POUVOIR, TU TE TROMPES COM-PLÈTEMENT !
HA, HA...
POURQUOI TU RIIIS
GRUMF
DANS CE MONDE... TOUT PEUT S'OBTENIR AVEC DE L'ARGENT.

NON !!
HA, HA...
AH BON... TU VEUX PARLER DE TON COEUR, PAR EXEMPLE ?
TOUT... TOUT À FAIT !!
ON PEUT PAS ACHETER MON COEUR COMME ÇA !!
SI, ON PEUT.
T'APPROCHE PAS
TCHAK
GRRR
QU... QU... QUOI !!
DONG
À COMBIEN TU VEUX M'ACHETER ?!

JE VAIS ME SERVIR DE TON COEUR GRATUITEMENT...

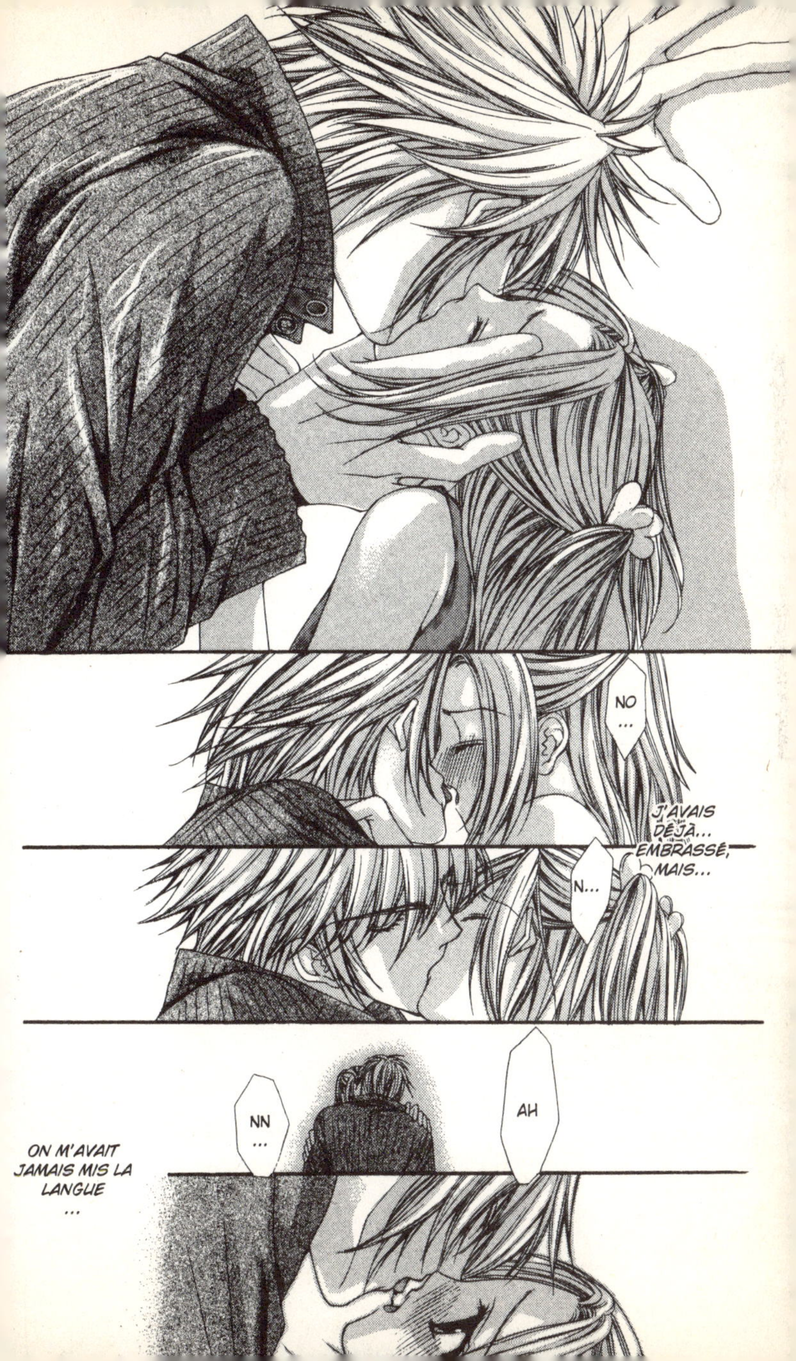
NO ...
J'AVAIS DÉJÀ... EMBRASSÉ, MAIS...
N...
AH
NN ...
ON M'AVAIT JAMAIS MIS LA LANGUE ...

PLOF
TREMBLE
HA...
Pinky Lip
FLITCH
NAN... QU'EST-CE...
AR-RÊTE !!
MAIS ...

ROUUUUGE
C'EST MON NUMÉRO DE PORTABLE.
TU PEUX APPELER QUAND TU VEUX, SI T'AS ENVIE DE LE FAIRE.
QUOI ?!
JE T'OFFRIRAI UNE NUIT QU'ON N'ACHÈTE PAS AVEC DE L'ARGENT.
SALUT.

C'EST ...
UN MEC PAREIL, ÇA PEUT PAS ÊTRE LE PRINCE CHARMANT !
TROP NUL !!
C'ÉTAIT... UN LOUP ARGENTÉ !!
... ET ...
DONC... TU AS SU HEUREUSEMENT PRÉSERVER TA VIRGINITÉ.
J'TE DIS QU'C'EST PAS HEUREUUUX !!
BON, MAIS P'T-ÊT' QUE T'AURAIS DÛ LE FAIRE ?
SI ÇA T'APPORTE UN BON BOULOT...
CHIIKO !!

MOI AUSSI, JE VEUX DEVENIR UNE VEDETTE, ET PARCE QUE JE SUIS ENTRÉE DANS CETTE ÉCOLE QUI A UNE SECTION ARTS ET SPECTACLES ...
JE TE COMPRENDS, MAIS TU SAIS, C'EST RARE DES PROPOSITIONS SI ALLÉCHANTES.
SECTION ARTS ET SPECTACLE S
MAIS ...
IL FAUT SAISIR LA MOINDRE CHANCE !!
AH OUI, CE MEC QUI DISAIT S'APPELER GIN...
JE M' DEMANDE QUEL EST SON POUVOIR DANS LE SHOWBIZ.
TU NE SAIS PAS ?!
HÉ HÉ ♥
... J'AI OUBLIÉ DE LE DEMANDER.
...
DE TOUTE FAÇON IL DOIT JUSTE AVOIR DES RELATIONS PAR SES PARENTS OU SES PROCHES ...
IL EST SUPER JEUNE ET IL N'AVAIT PAS UN AIR IMPORTANT.
AH BON.
KIRARAA... PEUT-ÊTRE QU'ON DEVRAIT VITE ...
TROUVER UN MEC QU'ON AIME, POUR COUCHER...
SI ON VEUT CONTINUER DANS LE MÉTIER.

UN MEC À AIMER...
ÉVIDEMMENT QUE LA PREMIÈRE FOIS, JE VOUDRAIS COUCHER AVEC UN MEC QUE J'AIME...
FROUT
GIN 090 - XXXX -
SI T'AS ENVIE DE LE FAIRE,
APPELLE
AAARGH ! J' VOIS SON VISAGE !!
J'CONNAIS DÉJÀ SON NUMÉROOO !!
ÇA M'ÉNERVE, MAIS...
C'EST TROP MON TYPE...
SCHLAC

HÉ !! ELLE EST LÀ !!
C'EST CETTE FILLE !!
DROITE GAUCHE
QU... QUELLE FILLE ?!
EXCUSEZ-NOUS MADEMOISELLE KIRARA NAKAZONO !!
CLIC
SHLAC
ON PEUT VOUS PARLER ?!
M... MOIIII ?!
QUE PENSEZ-VOUS DE VOTRE GRANDE PROMOTION POUR LE PREMIER RÔLE DE GETSU 9 ?
CLIC
CLIC
VOTRE IMPRESSION DE FAIRE UN PREMIER ALBUM AVEC M. TSUNTSUKU COMME PRODUCTEUR ?
LE CINÉASTE KITANO AIMERAIT VOUS DONNER LE PREMIER RÔLE POUR SON PROCHAIN FILM...
QU'EST-CE... QUI SE...

C'EST VRAIMENT UN CONTE DE FÉE !!
JE... JE NE SAIS PAS DE QUOI ON PARLE !!
CLIC
CLIC
CRIIIII
ZWIIP
PARDON... MAIS DU TRAVAIL NOUS ATTEND...
M... M. HANAMAKI !!
S'IL VOUS PLAÎT...
SHLAC
CLIC
JUSTE UN PETIT MOT !!
MADEMOISELLE KIRARA !!
CLIC

SI J'AVAIS SU QU'EN UNE NUIT TU POUVAIS COUCHER AVEC AUTANT D'HOMMES...
JE PENSAIS QUE POUR L'EFFORT ET LE CARACTÈRE, T'EN AVAIS PLUS QUE LES AUTRES, MAIS À CE NIVEAU LÀ...
HAN !
EUH ?
VIIIIDE
BRAVO, BRAVO KIRARA !!
HA HA HA !
QU... QU'EST-CE QUE TU FAIS ?!
FROUT
FROT
JE CHERCHE LA CAMÉRA !!
FROUT
FROT
ÇA DOIT ÊTRE UNE CAMÉRA CACHÉE !!
ELLE DOIT SE TROUVER QUELQUE PART !!

AH ! ÇA DOIT ÊTRE TOI, LE CHAUFFEUR...
ATTENDS, ATTENDS, ATTENDS !!
AAARGH
ÇA NE PEUT PAS ÊTRE UNE CAMÉRA CACHÉE, PUISQUE C'EST LE FRUIT DE TES EFFORTS...
MAIS JE SUIS VIERGE ! ! JE NE L'AI FAIT AVEC PERSONNE !!
SI TU CONTINUES À DIRE DES BÊTISES INFÂMANTES, JE VAIS LE VÉRIFIER EN INTRODUISANT MON DOIGT !!
MAIS C'EST VRAI !!
PARCE QUE VOUS POUVEZ LE SAVOIR AVEC UN DOIGT ?
ALORS C'ÉTAIT QUOI TOUS CES JOURNALISTES ?!
MAIS JE SAIS PAS !!
...
LA CAMÉRA... OÙ EST LA CAMÉRA ?!
C'EST TOI, LE CHAUFFEUR !!
AAAH !
M. HANAMAKI !!
ARRÊTEEEZ

MUSIC AIRPORT
KIRARA NAKAZONO
MAIS ENFIN... QU'EST-CE QUI SE PASSE ?
ÇA VOUDRAIT DIRE QUE MOI AUSSI JE ME FAIS AVOIR PAR UNE BLAGUE ?
BAH, ÇA NOUS EST ÉGAL MAINTENANT.
REGARDEZ PLUTÔT !! UNE LOGE PRIVÉE !
C'EST GRAAAND
APRÈS, JE VAIS PASSER DANS MON ÉMISSION MUSICALE PRÉFÉRÉE.
ÇA NE PEUT PLUS ÊTRE AUTRE CHOSE QU'UNE CAMÉRA CACHÉE.
C'EST SÛR...
POURQUOI TOI, QUI N'AS MÊME PAS DE CHANSON, TU DEVRAIS AVOIR UN TEL BOULOT ?
M. HANAMAKI, VOUS... TROUVEZ ÇA COMMENT...
J'AI L'AIR D'UNE PRINCESSE POP ?

KIRA-RA... TU ES ...
MIGNOOOONNE ! AUJOURD'HUI, ON VA S'EN-TRAÎNER À COUCHEEER !
SCRIIIITCH
MAIIIS ! MON AGENT ME FAIT DU HARCÈLEMENT SEXUEEEL !!
SCRITCH SCRITCH
LÂCHEZ-MOIII
NAAAN NAAAN
MLLE NAKAZO-NOOO, VEUILLEZ BIENTÔT ENTRER EN STUDIO...
HAN
MAIS... MERCI BEAU-COUP.
TAC

C'EST LA PREMIÈRE FOIS QUE J'AI UN TRAVAIL SI EXCITANT.
MÊME SI C'EST UNE CAMÉRA CACHÉE, JE VAIS ALLER ME DIVERTIR À FOND !
EEEUH, J'AI PAS DE CHANSON...
AAH...OUI, EN EFFET...
HÉ LÀ !! LA PUCELLE !!
SPOC
ARRÊTEZ DE DIRE "PUCELLE", "PUCE-EELLE" !
GRRRA

C'EST... QUI ?
UN HOMME IMPORTANT ?
ALORS, ÇA TE FAIT QUOI...
D'ÊTRE DEVENUE LA PLUS GRANDE IDOLE DU PAYS EN UNE NUIT ?

KIRARA NAKA-ZONO ...
CELUI DE... L'AUT' FOIS !
LE LOUP-GAROU ARGENTÉ !!
QU... QU'EST-CE QU'IL FAIT LÀ ?!
OBSEEERVE
AVEC CETTE TENUE...
OUAIS, IL TE FALLAIT DES FRINGUES CLASSES, SINON T'AVAIS PAS D'ALLURE.
LA NATURE T'A PAS GÂTÉE...
COM-MENT ?!
MAL ÉLEVÉ !

MAIS IL Y A UN TRUC QUI MANQUE ...
QUE ?!
MAIS... DANS UN LIEU PAREIL... QU'EST-CE QUE TU FAIS ?!
NE CRIE PAS.
NAAAN, ESPÈCE DE COCHON ! COCHON, COCHOOON !
LÈVE LA TÊTE.
LÂCHE-MOIII !
FLAP
TROP IMPOLI DEPUIS TOUT À L'HEURE...
TCHAC

ON FRAPPE PAS UN MEC COMME MOI DEUX FOIS.
...
BON...
TON CONTRAT EST TER-MINÉ.
C'EST MOI QUI T'ACHÈTE.

LA CENDRILLON SCANDALEUSE.

LOVE CELEB

L'INVITÉE DE CETTE SEMAINE, C'EST KIRARA NAKAZONOOO !
BON... BON-JOUUUR.
A...AAH GIN !!
C'EST LA PREMIÈRE FOIS QUE TU VIENS, KIRARA.
OUI ...
AAH ...
GIN ...
GIN ...
ÉTEINS LA TÉLÉ...J'AI ENVIE DE NE SENTIR QUE TOI...
NON.

HAN... MÉCHANT !
R'GARDE MOIII.
MEW JACK
NAN... N'ARRÊTE PAS !
JE... J'CONNAIS CETTE FILLE.
HAN GIN...
SPLITCH
SPLITCH
KIRARA NAKAZONO... ON A TOURNÉ ENSEMBLE.
MAIS POURQUOI ELLE PASSE DANS UNE GRANDE ÉMISSION MUSICALE ?
ELLE N'A PAS D' CHAN-SOOON.
MAIS DIS DONC ! EN TOUT CAS TU ES OSÉE !
QUOI ?

C'EST, C'EST TOUT À L'HEURE... EUH...
HEINN-NH ?
TOUT À L'HEURE ?!
HUM
T'AS INTRODUIT UN HOMME DANS TA LOGE ET TU "L'AS FAIT" ?
HA HA HA
ON ON
GI... GIN, DÉJÀ FINI ?
HÉ GIN !
OUAIS, C'EST ÇAAA ! T'ES TOUTE ROUGE, GENRE JE VIENS JUSTE DE LE FAIRE !
OUAIS
OU ALORS C'EST LE MAQUIL-LAGE ?
LA MARQUE SUR TA GORGE, ÇA... C'EST UN SUÇON, NON ?
QUOI ?
QUOI ?
C'EST PAS VRAI ?!

A...
ARRÊ-
TEEEZ
!!
PAAAF
AH
FROUT
MEW JACK
TOMO !
SPLAFF
MEW JACK
TOMO !
POF
...
KIRARA
ÇA A
VOLTIGÉ !!
PUIS
C'EST TOMBÉ SUR
SA TÊTE !!
HA !
HA HA HA HA

HA
HA
HA
HA
C'EST... LA PREMIÈRE FOIS QUE J'TE VOIS RIRE COMME ÇA.
EX... EXCUSEZ-MOI !
JE SUIS VRAIMENT DÉSOLÉE !
MAIS C'EST PAS SYMPA POUR ELLE ...
SI LE PRÉSENTATEUR SE FÂCHE, ELLE SERA VIRÉE DU MILIEU.
PAR-DON.
PLOF
PLOF
PAR-DON.
ET MAINTENANT LA PUBLICITÉ.
HA
PARDON.
HA
HA
HA
HA
HA
HA
HA
GIN ?
C'ÉTAIT SI DRÔLE ?

HÉ... AYAKA...
QUOI ?!
QU'EST-CE QUE TU RACONTES ?!
ON VIENT JUSTE DE COUCHER ENSEMBLE !!
PARCE QU'EN PLUS... TU RÉPONDS ...
HAN
J'VEUX PLUS D'TOI ...
T'ES CHIANTE
SORS D'ICI AVANT QU'J'AI FINI DE COMPTER JUSQU'À DIX ...
ET JE TE PARDONNERAI.

J'SUIS PAS GENTIL ?
NE... NE TE FÂCHE PAS...
UUUN ...
TCHAK
VITE VITE
DEU-UUX...
TROIIIS ...
VITE VITE
QU-AAA-TRE ...

AP-PELLE-MOI... UN DE CES JOURS, SI TU VEUX...
CLAC
...
KIRARA NAKAZONO
BING
PAAAF
OUILLE !

QU'EST-CE T'AS ENCORE FOUTU, TOI !!
JE TE F'RAI DIRE QUE CE PRÉSENTATEUR A DU SUCCÈS ET DU POUVOIR, DANS LA VARIÉTÉ !!
MAIS C'ÉTAIT UNE CAMÉRA CACHÉE ...
CAMÉRA CACHÉE OU QUOI QUE CE SOIT D'AUTRE, ENLEVER UNE PERRUQUE EST INADMISSIBLE !!
FRANCHEMENT, TU M'AS DÉÇU, KIRARA.
M. HANAMAKI !!
HAN
ÉCOUTE !! J'T'AI ENVOYÉE DANS CET APPARTEMENT PARCE QUE T'AS PAS DE TALENT !!
CELLES QUI N'ONT PAS DE TALENT N'ONT PAS D'AUTRE SOLUTION QUE D'UTILISER LEUR CORPS POUR S'ÉLEVER !
DONC CE SOIR, TU VAS COUCHER AVEC CE PRÉSENTATEUR !! ET COMME ÇA, IL ACCEPTERA PEUT-ÊTRE D'OUBLIER CE QUI S'EST PASSÉ !!
COUCHE AVEC DES HOMMES DE POUVOIR, TANT QUE L'OCCASION SE PRÉSENTE !! T'AS COMPRIS ?!

PFFF ...
M. HANA-MAKI !!
M. HA-NAMA...
CLAC
M. HANA-MAKI !!
M. HA-NAMA-KIIII !
OUIIIIN
NE M'ABANDONNEZ PAAAS !
ON POURRAIT NOUS ENTEN-DRE...
OUIIIIIN
NE M'ABANDONNEZ PAAAS !
ÇA CRAINT... TOUT, MAIS PAS LA PER-RUQUE...
C'EST "LE" SUJET TABOU DANS LE MÉTIER...

OUI... NOUS VENONS TOUT DE SUITE POUR LES EXCU-SES... OUI.
CHLOF
CE MEC...
JE L'AI DÉJÀ VU...

HA
ELLE EST LÀ.
CLOP
KI-RA-RA...
M. HANA-MA...
OUUUF

POUR-QUOI TU PLEURES ...
LA VIERGE !!
FLITCH
GRAOUUU
DIS... DIS DONC !! C'EST PARCE QUE TU M'AS EMBRASSÉE SUR LA GORGE, ET J'AI COMPLÈTEMENT PERDU LES PÉDALES, ÇA A ÉTÉ HORRIBLE...
...
... POURTANT... J'AI DONNÉ LE MEILLEUR DE MOI-MÊME...
SNIF

QU'ON RIE DE MOI, QU'ON S'MOQUE DE MOI, JE FAIS DES EFFORTS POUR PLEIN DE BOULOTS...
JE SAIS QU'J'AI PAS D'TALENT...
J'SUIS NIAISE ET BÊTE...
HIN
SNIF
MAIS MAINTENANT... MÊME CE COURAGE, JE NE L'AI PLUS...
PARMI UN TAS D' FILLES...
IL M'A CHOISIE, M. HANAMAKI.
À CE MOMENT-LÀ...
IL M'A DIT...
J'AIMERAIS...
FAIRE DE TOI UNE CENDRILLON DU SHOWBIZ, AVEC UNE MAGIE QUI NE S'ÉTEINDRA PAS...

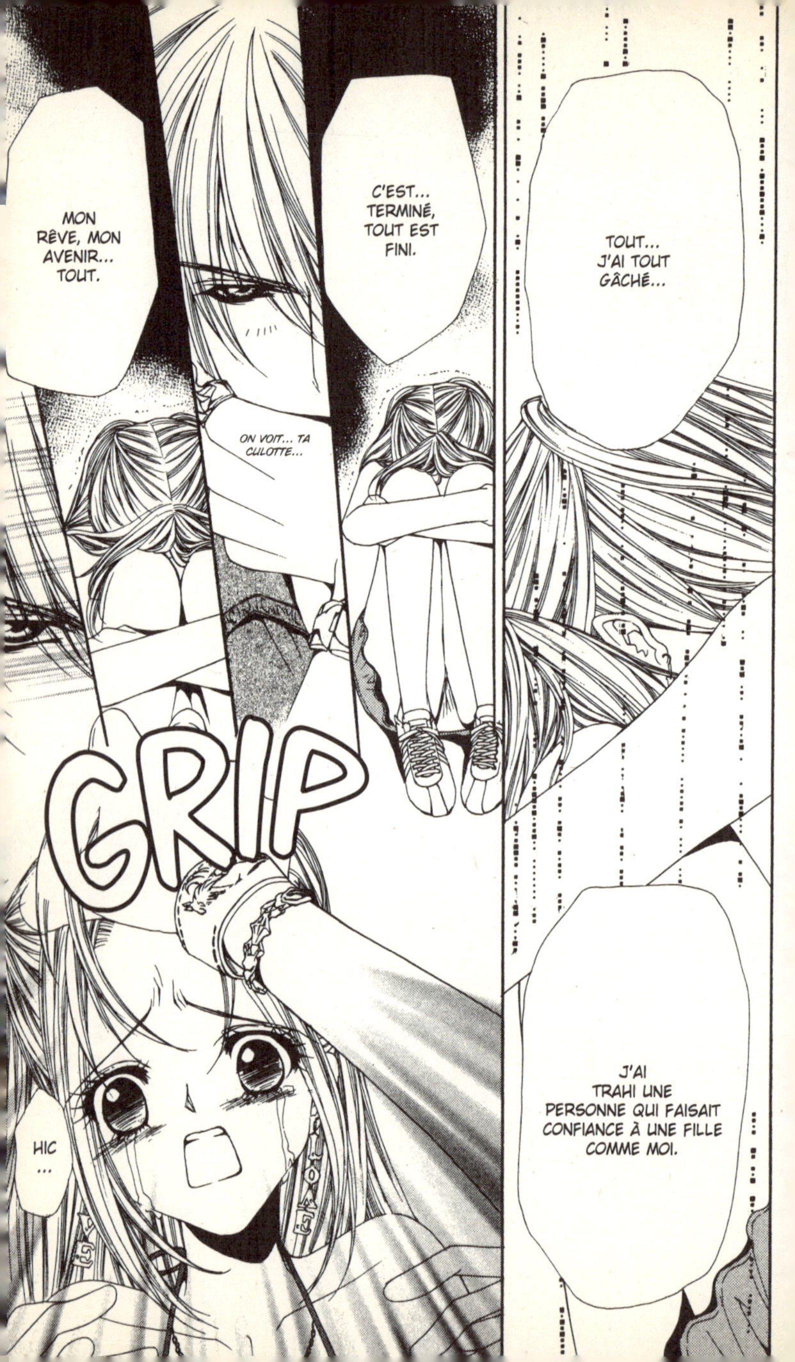
TOUT... J'AI TOUT GÂCHÉ...
J'AI TRAHI UNE PERSONNE QUI FAISAIT CONFIANCE À UNE FILLE COMME MOI.
C'EST... TERMINÉ, TOUT EST FINI.
MON RÊVE, MON AVENIR... TOUT.
ON VOIT... TA CULOTTE...
GRIP
HIC ...

T'ES MOCHE ...
MOI, JE...
JE POURRAIS FAIRE EFFACER TOUTES TES ERREURS.
HEIN ?
HIC
SI TU...

SI TU ACCEPTES D'ÊTRE MA CHOSE...
ALORS ? TU NE VEUX PAS ÊTRE ACHETÉE PAR L'ARGENT ET LE POUVOIR ?
HI HI HI HI HI
TU NE VEUX PAS HEIN, PUISQUE C'EST POUR ÇA QUE TU M'AS FRAPPÉ ...
ENFIN, RÉFLÉCHIS BIEN, EN CONSIDÉRANT TA PLACE ET TA SITUATION.
SNIF
...
COUCHE AVEC LES HOMMES DE POU-VOIR ...
TANT QUE L'OCCASION SE PRÉ-SENTE.
ALORS ...
T'ES UN HOMME DE POUVOIR ?
SHLOF
EH BIEN ...

JE SUIS L'HOMME LE PLUS PUISSANT DU JAPON ...
MAIS...

CONTRE TOUTE ATTENTE, MON COEUR EST TELLEMENT EN MIETTES...
QUE JE M'ACCROCHE MÊME À UNE BLAGUE PUÉRILE...

JE M'EN SUIS RENDUE COMPTE EN LUI DONNANT UN BAISER...
D'AC-CORD ...
C'ÉTAIT ÇA...
MA PAUVRE... TU VAS PAS ÊTRE ÉPARGNÉE ...
HA HA
QU'EST-CE QUE TU OURRAIS ME FAIRE ?
QUOI ?!

ALLEZ... MONTE EN PREMIER.
HEIN ?!
NON, C'EST PAS VRAI, PAS ICI ?!
C'EST LA POSITION DITE DE L'AMAZONE...
C'EST MOI QUI MONTE, ALORS QUE C'EST LA PREMIÈRE FOIS ?!
LES MOUV'MENTS ET TOUT, J'CONNAIS PAS !!
IMBÉCILE !!
JE PARLE DE MA LIMOUSINE !
OUAAAH
AH BON ? C'ÉTAIT ÇA ?
SUPER GRAND...
ON EST ASSURÉE DE PERDRE SA VIRGINITÉ DANS UN TEL ESPACE !!
NAAAN
T'ES SI PRESSÉE QU' ÇA ?
T'ES UNE COCHONNE TOI...
HAAAN, C'EST PAS ÇA ! NAN, NAN !!
KATSURAGI.
OUI.
BOUUUH

TCHAC
MÊME SI TU ENTENDS DES CRIS, N'ARRÊTE PAS LA VOITURE.
OUI ... OUI MONSIEUR ...
GLOUPS...
HEIN...
DES ... DES CRIS ...
BON... ON VA LE FAIRE COMME TU LE SOUHAITAIS.
JE NE LE SOUHAITAIS PAS ! !
COMMENT AIMERAIS-TU QUE JE TE PRENNE ?
MAIS, COMMENT...
IL ME DEMANDE ?!
MOI ...
J'AIME FAIRE PLEURER...
NNNN
NNNN

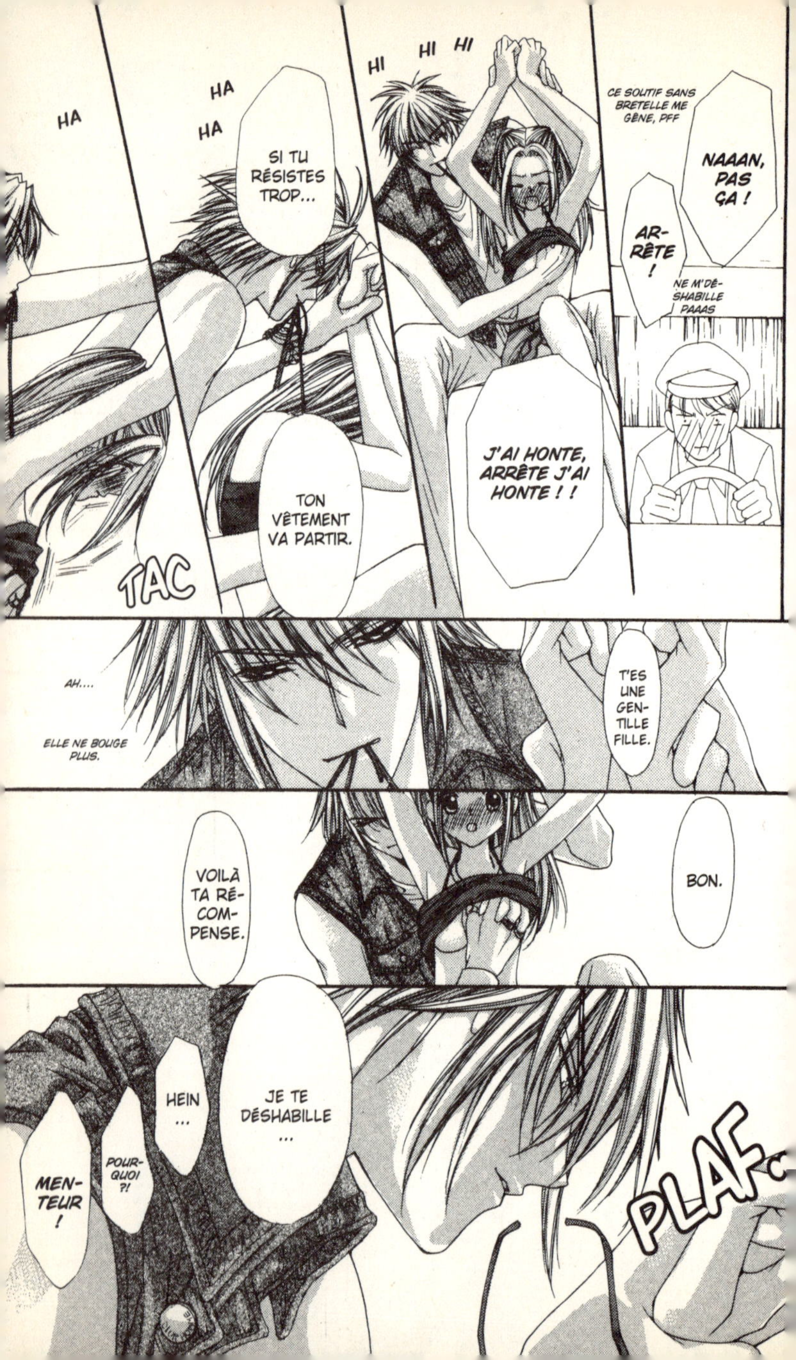
CE SOUTIF SANS BRETELLE ME GÊNE, PFF
NAAAN, PAS ÇA !
AR-RÊTE !
NE M'DÉ-SHABILLE PAAAS
HI HI HI
J'AI HONTE, ARRÊTE J'AI HONTE ! !
HA HA
SI TU RÉSISTES TROP...
TON VÊTEMENT VA PARTIR.
TAC
HA
T'ES UNE GEN-TILLE FILLE.
AH....
ELLE NE BOUGE PLUS.
BON.
VOILÀ TA RÉ-COM-PENSE.
PLAF
JE TE DÉSHABILLE ...
HEIN ...
POUR-QUOI ?!
MEN-TEUR !

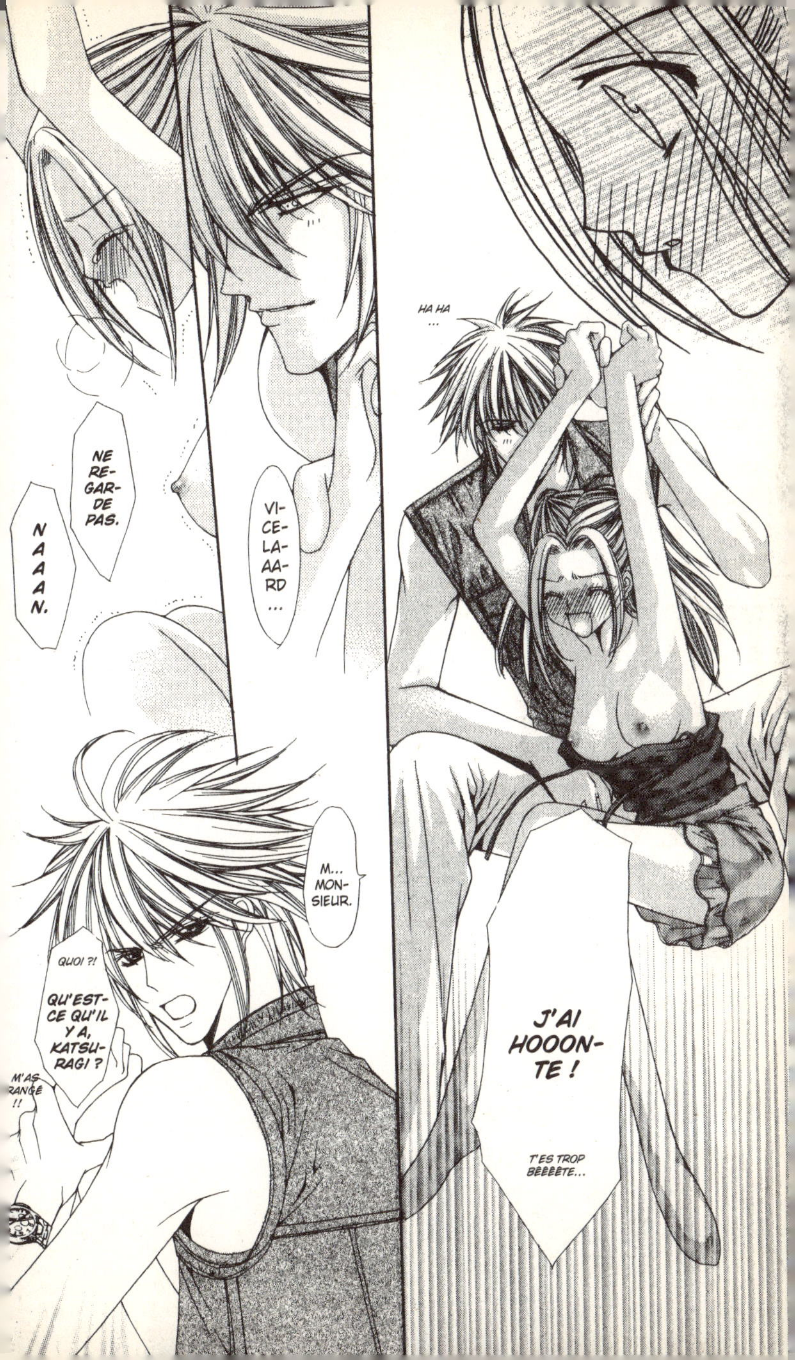
HA HA ...
J'AI HOOON-TE !
T'ES TROP BÉÉÉÉTE...
VI-CE-LA-AARD ...
NE RE-GAR-DE PAS.
NAAAAN.
M... MON-SIEUR.
QUOI ?!
QU'EST-CE QU'IL Y A, KATSU-RAGI ?
M'AS RANGÉ !!

NOUS... NOUS SOMMES ARRIVÉS.
PFF
PAR ICI, JE VOUS PRIE.
CLOP CLOP
HEU ...
OÙ... ON EST ? IL FAIT TOUT NOIR...
ÇA S'RAIT PAS... UN ENDROIT OÙ ON FAIT DES CHOSES BIZARRES ?
C'EST C'QUE T'ES-PÈRES ?
NON ...
VICIEEEEUSE
OH LÀ LÀ, ON VA ME FAIRE DES TRUCS ENCORE PLUS COCHON.
MAIS PLUS COCHON, C'EST QUOI ?
M. HANAMAKI...
KIRARA NAKAZONO VA ENFIN PERDRE SA VIRGINITÉ !!

FLASH
FLASH
ZIIIING
MAIS... ÇA SERAIT PAS LE....

TOKYO ...
DOME ?!
MILD SEVEN
SECOM
Pioneer
エビスビール
あります。
KOMATSU
KIRARA NAKAZONO ...
ALORS ? QUEL EFFET ÇA T'FAIT D'ÊTRE SUR LA SCÈNE DE TES RÊVES ?

CHANTE QUELQUE CHOSE, J'AI PAYÉ CHER MON BILLET.
MA SCÈNE ?!
ICI...
JE ...
MAIS JE N'AI PAS DE CHANSON !!
BON, LAISSE TOM-BER.
C'EST... QUOI CETTE MUSIQUE ?

UNE MUSIQUE PRODUITE PAR TSUNT-SUKU POUR TON PREMIER ALBUM.
POURQUOI, IL... ?!
MAIS... C'ÉTAIT UNE CAMÉRA CACHÉE...
LE CINÉMA, LE TÉLÉFILM, C'ÉTAIT POUR ME SURPREN-DRE...
CAMÉRA CACHÉE ?
SI TOUT ÇA EST VRAI...
MAIS ENFIN QUI ES....
BAM

FLUFF
IL VOOOLE
OH !
JE SUIS ...
GINZÔ FU-JIWARA ...
J'TE L'AVAIS DIT, NON ?
JE SUIS LA PREMIÈRE PUISSANCE DU JAPON ...
FUJIFILM

TOC
CELA VOUS A-T-IL PLU ? PRIN-CESSE...

DANS UN AVENIR PROCHE, JE FERAI DE TOI LA PLUS GRANDE VEDETTE DU PAYS.
LE TOKYO DOME SERA REMPLI COMME UN ŒUF PAR TES FANS...
ET MOI...
TCHAK

JE TE PRENDRAI DEVANT CINQUANTE MILLE FANS.
QUOI!!!!...
DONC AUJOUR-D'HUI...
GRI

ON VA S'ENTRAÎNER POUR LA GÉNÉRALE...
VRP

BONJOUR !! C'EST MAYU SHINJO !!

COMMENT TROUVEZ-VOUS MA NOUVELLE SÉRIE "LOVE CELEB" ? C'EST COMPLÈTEMENT DIFFÉRENT DE "HAOU AÏREN", IL Y A PLEIN D'ÉLÉMENTS DE COMÉDIE ROMANTIQUE. À CE PROPOS, LE PERSONNAGE MASCULIN EST UN HÉROS COMME IL N'Y EN A PAS EU AVANT. GIN EST AUSSI TRÈS AIMÉ PAR MES ASSISTANTES, ET ENSEMBLE, EN LUI INSUFFLANT DE L'AMOUR, NOUS TRAVAILLONS. NOUS SERIONS HEUREUSES QUE VOUS L'AIMIEZ AUSSI.

GINZÔ FUJIWARA... C'EST LUI.
L'AUT' FOIS ON A ENFIN PU AVOIR UNE INTERVIEW.
UN GRAND-PÈRE PREMIER MINISTRE, UN PÈRE MAGNAT DU MONDE DE LA FINANCE, L'HOMME LE PLUS RICHE DU JAPON.
ET AVEC CE LOOK ET CE STYLE PAR DESSUS, ON NE VOIT PAS CE QU'IL NE PEUT PAS OBTENIR.
JE DOIS FAIRE MARCHER AU MOINS UNE NATION, SINON JE ME MEURS D'ENNUI.

EXCUSE-MOI DE TE FAIRE CHERCHER DES IMAGES, JE TE REMERCIE.
NON... ÇA VA...
POURQUOI TU T'INTÉRESSES À GINZÔ FUJIWARA, HANA ?
TIENS... LA COPIE.
AH, JE SAIS !! C'EST CETTE RUMEUR !
LES DÉTENTEURS DE L'AVENIR DU JAPON
QUE TOUTES LES FILLES QUI PLAISENT À GINZÔ FUJIWARA DEVIENNENT À COUP SÛR DES VEDETTES !!
LES DÉTENTEURS DE L'AVENIR DU JAPON
ÇA NE SERAIT PAS LE CAS DE TA PETITE FAVORITE KIRARA ?!
CE SERAIT PAS POUR ÇA QU'ELLE A DES SUPERS PLANS EN CE MOMENT ?
... J'AIMERAIS QUE CE SOIT LE CAS.
MERCI !

SI KIRARA ...
... SUIT BIEN MES INSTRUCTIONS...
COUCHE AVEC UN HOMME PUISSANT...
AH
HUMF
AHH... MMM...
JE NE...
HAN ! AH !
HA
ALORS... TU ENTENDS ? LE CRI DES CINQUANTE MILLE PERSONNES...

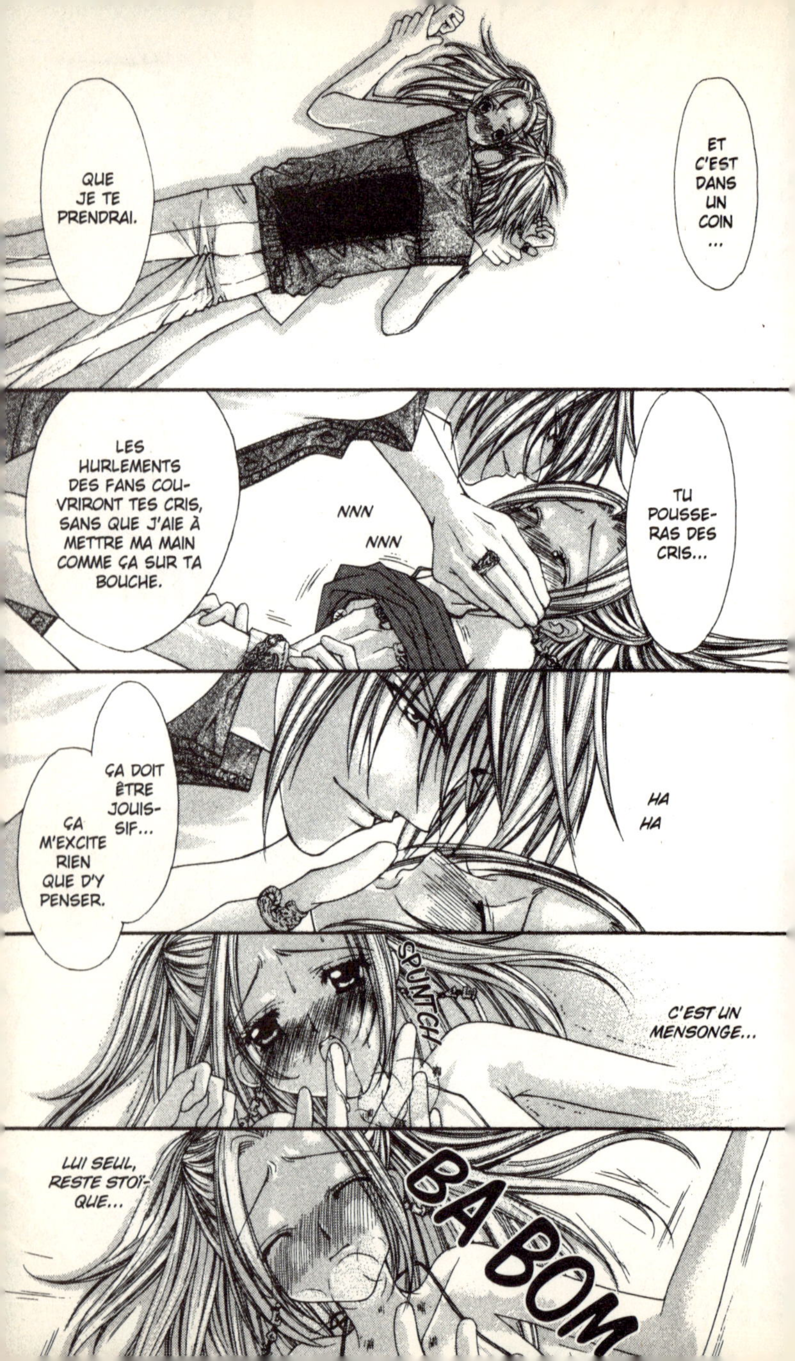
ET C'EST DANS UN COIN …
QUE JE TE PRENDRAI.
TU POUSSERAS DES CRIS…
NNN
NNN
LES HURLEMENTS DES FANS COUVRIRONT TES CRIS, SANS QUE J'AIE À METTRE MA MAIN COMME ÇA SUR TA BOUCHE.
HA
HA
ÇA DOIT ÊTRE JOUISSIF…
ÇA M'EXCITE RIEN QUE D'Y PENSER.
C'EST UN MENSONGE…
SPUNTCH
LUI SEUL, RESTE STOÏQUE…
BA BOM

DEPUIS TOUT À L'HEURE... SON VISAGE RESTE TOTALEMENT IMPASSIBLE.
IL NE M'AIME SÛREMENT PAS...
ET
OMME DE
DÉVORER
UNE FOIS
L'AMUSE
AS, IL FAIT
OUJOU...
IL A VU UN GIBIER BLESSÉ
...
GRAOOOU
NAAAN
GRAOUGRAOUUU
NAAAN
UNE PERSONNE QUI N'AIME PAS, ET UNE AUTRE QUI N'EST PAS AIMÉE, VONT COUCHER ENSEMBLE.

C'EST ÇA LE MONDE DONT J'AI RÊVÉ... LA RÉALITÉ DU SHOWBIZ...
J'DÉ-TES-TE...
J'DÉ-TESTE ...
J'DÉTESTE !! J'DÉTESTE !! JE TE HAIS !!
JE TE DÉTESTE !!
... DÉTES ...

DAA ANG
DÉ... DÉTESTER ?!
MOI ?!
MAIS J'FERAI CE QUE TU ME DIRAS !
PARCE QUE M. HANAMAKI M'A DIT DE FAIRE COMME ÇA !!
HA... HARAMAKI* ?!
* ÉTOFFE À METTRE AUTOUR DE LA TAILLE, POUR TENIR CHAUD, UN VÊTEMENT CONSIDÉRÉ COMME UN PEU DÉSUET, NDT.
LE THON
ALLEZ !! FAIS CE QUE TU VEUX, DÉPÊCHE-TOI !!
COMMENCE PAR OÙ TU VEUX !!
BLOF...
...
ÇA, UN THON ?...

GLIN GLIN
C'EST LE TOKYO DOME... JE T'AI DONNÉ LE PREMIER RÔLE AU CINÉMA, ET À LA TÉLÉ...
ET TU DIS QUE... TU M' DÉTESTES...
BAH
POUR ÇA, JE TE REMERCIE.
QUAND JE MARCHE DANS LA RUE, EN CINQ MINUTES ON M'INTERPELLE...
J'AI HONTE DE L'AVOUER...
J'ADORE TON VISAGE.
ROUGE
MAIS ALORS FAIS C'QUE J'TE DIS !!
GRRR
POC POC
MAIS JUSTEMEEENT !!
C'EST BON... JE PARS...
GLIN GLIN
AAH !
A... ATTENDS ...
MA TÊTE COMMENCE À TOURNER...

C'EST IMPOSSIBLE, JE SUIS ICI PARCE QUE J'AI PRIS MA DÉCISION !!
MÊME SI J'AI PAS EN-VIE !
PAS ENVIE
TU T'FOUS D'MA GUEULE ?!
QUI, VOUDRAIT TE PRENDRE ?!
PAR CONTRE !! LES SUÇONS QUE J'T'AI FAIT...
BATTEMENT DE PAUPIÈRES
BATTEMENT DE PAUPIÈRES
... SI TU LES CACHES, J'TE TUE !!
À LA TÉLÉ... POUR LES PHOTOS... MONTRE-LES PARTOUT !!
GÊNÉÉÉ
MAIS !! QU'EST-CE QUE J'VAIS FAIRE, SI J'AI ENCORE DES HISTOIRES COMME AVEC LA PERRU-QUE ?!
RIEN À FOUTRE !!

VICE- LARDE !!
BA BOM
HEIN ...
SOIS PAS DÉ- GOÛTÉE !!
AU PIRE, AIE HONTE.
À CHAQUE FOIS QU'ON TE VER- RA, À CHAQUE APPARITION TÉLÉ...
... TU TE RAPPELLE- RAS...

BA BOM
A RÉSURGENCE SA MAJESTÉ !!
S'ILS DISPARAISSENT, J'EN REMETTRAI AUTANT QU'IL LE FAUDRA.
SOUVIENS-TOI !!
QUE JE T'AI ACHETÉE...
PFF !
AH !
85

GLUK
S'IL TE PLAÎT, GINZÔ !!
NE M'APPELLE PAS PAR CE NOM* !!
C'EST GIN !!
MÊME SI MAINTENANT TU DIS QUE TU M'AIMES...
* GINZÔ A UNE CONSONNANCE VIEILLOTE EN JAPONAIS, NDT.
RACCOMPAGNEZ-MOI SI VOUS RENTREZ.
AH... ÇA ME REPREND...

BOU
DE
GÊNÉE
HE HE...
HÉ HÉ HÉ
HÉ...
M. HANAMAKI...
COUCHER AVEC UN HOMME DE POUVOIR...
C'EST PAS SI SIMPLE...

BONJOUR MONSIEUR.
MONSIEUR EST DE RETOUR.
INNOM
BRABLE
BONJOUR MONSIEUR.
MONSIEUR PREND-IL SON BAIN ?
SINON LE REPAS EST...
LA FERME, LAISSE-MOI SEUL.
TOC
CLAC

POFF
DE ...
DE L'EAU !!

OU... OUI MONSIEUR !!
HAN
HAN
CETTE... CETTE EAU PROVIENT SPÉCIALEMENT DES ALPES, POUR VOUS, MONSIEUR.
HAN
HAN
EN ESPÉRANT QUE CELA PLAISE...
HAN
À... MONSIEUR...
PAR BOUCHE À BOUCHE...
FAIS-MOI BOIRE PAR BOUCHE À BOUCHE.
ROOOUGE
TOUT... TOUT DE SUITE.
GLOUPS

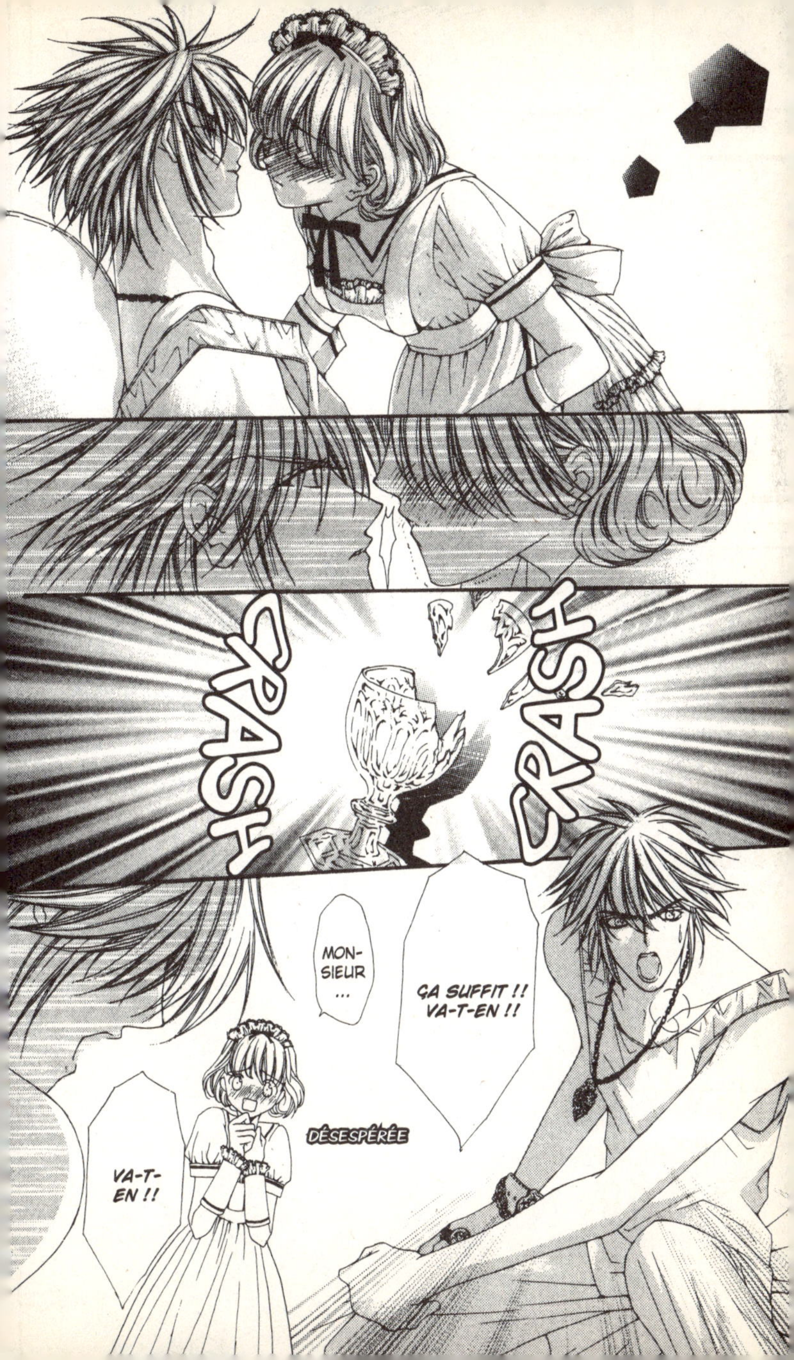
CRASH
CRASH
MONSIEUR ...
ÇA SUFFIT !! VA-T-EN !!
DÉSESPÉRÉE
VA-T-EN !!

FLOP
PARDONNEZ-MOI !
CLAC
HAN
HAN
TOUS PAREILS...
QUEL MONDE ENNUYEUX ...
TOC
ES-TU...
CELLE QUI VA ME GUÉRIR DE CETTE SOIF ?

KIRARA NAKAZONO...
LOGE DES ARTISTES
KIRARA NAKAZONO
NAN !!
CHLAAK
ARRÊ-TEZ !
SCHLAAC CHLAC
AAH !
SCHLA
M. HANAMAKI, QUE... !

C'EST AF-FREUX.
DES FRINGUES TOUTES NEUVES !
ACHETÉES DE MA POCHE, VU QUE JE GAGNE RIEN !
TU N'AS PAS COUCHÉ AVEC GINZÔ FUJIWARA ?
FOUET
EN PLUS, IL T'A DEMANDÉ DE MONTRER SES SUÇONS, ET...
C'EST PAS DU TOUT FAIIIT !
CHLAC
CHLAAAC
OUILLE OUILLE
MAIS J'AI HOOONTE !
IL EST VRAIMENT SI IMPORTANT QUE ÇA ?
ÇA...COMMENCE À M'EXCITER...
IL A L'AIR FORTUNÉ, MAIS...
IL EST JEUNE, IL EST MAL POLI, JE N'ARRIVE PAS À CROIRE QU'IL...
POUR RÉSUMER, C'EST LA PREMIÈRE FORTUNE DU JAPON, ET LE RANG DE PREMIER MINISTRE L'ATTEND.
AH BOOON ?

ÇA…
ÇA VEUT DIRE QUOIII !
C'EST UN MEC ULTRA PUISSAAANT
T'ES LONGUE À LA DÉTENTE… !
LA PLUS GRANDE PUISSANCE DU JAPON… CE QU'IL DISAIT… C'ÉTAIT VRAI…
BOOON, ON COMMENCE LES PRISES DE VUES.
LES FILLES, FAUT ASSURER, C'EST UNE ÉMISSION TARDIVE !
OUUUI
QUAND ON VEUT PAS… ON VEUT PAS…
SI JE MONTRE LES SUÇONS…
ON VA PENSER QUE JE SUIS UNE COCHONNE…
HÉ !! REGARDEZ !!
C'EST PAS GIN ?!
ÇA FAISAIT LONGTEMPS
AH, GIN
C'EST RARE
GIN EST VENU !!
QUOI…
MAIS OUIII, IL EST BEAUUU.
JE LE VOIS POUR LA PREMIÈRE FOIIIS…
C'EST UNE CHANCE POUR LUI PLAIRE !
COUCOUUU COUCOUUU

HUM
ON COMMENCE PAR LES PRÉSENTATIONS
ALLEZ, C'EST PARTI !!
JE M'APPELLE IIZUKA KAORU
BONSOIIIR
SMACK
GIN... IL EST VENU ME VOIR...
POUR VÉRIFIER SI JE SUIS SES ORDRES.
BA BOM
BA BOM
PLITCH
PLITCH
JE M'APPELLE AI KINOSHITA.
SI J'MONTRE PAS LES SUÇONS MAINT'NANT... J'VAIS ME FAIRE ENGUEULER...
PLITCH
J'AI HONTE. C'EST COMME ANNONCER À TOUT LE MONDE QUE MON CORPS A ÉTÉ ACHETÉ PAR GIN...
S ...
SNIF
MAIS...

KI... KIRARA NAKA-ZONO !
VOILÀ
AVEC ÇA... ÉPARGNEZ-MOI !
OH OH OH OH
C'EST DIIINGUE
PEEER
INCROYA-BLES, CES SUÇONS ...
OH LÀ LÀAA
É... "ÉPARGNEZ-MOI", C'EST QUOI ? ON DI-RAIT QU'ELLE SE LAISSERAIT FAIIIRE.
WAOOOUH
MOI AUSSI J'AI ENVIE D'LUI EN FAIRE !
ON LUI PROPOSE ?

BANDE DE COOOONS ! COUPEZ, COUPEEEZ !!
TAP TAP
HÉ !! GIN !! FAUT PAS !!
TAP TAP
C'EST GIIIN
COUCOOOU
GIIIN
KIRA-RA !!
OUPS
J'VAIS T'TUER !!
PU... PUCELLE DÉBILE !! VIENS PAR LÀ !!
QU... QUOI ?!
GRIP !?

TCHUK
UN PEU EXCITÉ !!
TU VAS ÊTRE PUNIE !!
POURQUOIII ...
POU...
POURQUOIII ...
BON BAH, ON RECOMMEEENCE.
BOUM
OH !
C'ÉTAIT QUOI, TOUT À L'HEURE ?!
TU FAISAIS DU CHARME AUX AUT' MECS !!
HEIIIN ?
DU CHARME ?!
T'AS PLUS INTÉRÊT À MONTRER TES SUÇONS !!
QUOI ?
QU'EST-CE QUE TU RACONTES ?!

T'ES VRAIMENT UNE VICE-LARDE !!
GRUMF
POURQUOI !!
TU M'ÉCOUTES ? MEUF ÉCERVELÉE !!
J'AI FAIT CE QUE TU M'AS DIT !
GRUMF
GRUMF
ET J'M'FAIS EN-GUEULEEER !!!
GRUUUMF
TA GUEU-UULE !!
GRAAAH
GRAAAAK
TU SAIS MÊME PAS JUSQU'À QUEL POINT J'AVAIS LES BOULES...
CHAC
ELLE EST DÉCHAÎ-NÉE...
TU VAS M'LE PAYEEER !

SVIIITCH
SVITCH
SVITCH
SVIIITCH
HOP

OK ?!
SI TU CACHES CE SUÇON, JE FAIS UN MASSACRE !!
HEIN...
SU-ÇON ?
AAAAH !
FAUT CASSER !!

QU'EST-CE T'AS FOUTU !! SALE PUCELLE !!
UN MASSACRE ?! MAIS À QUI TU T'ADRESSES ?!
TATAC
UN ...
SUÇON PAREIL...
JA-MAIS...
... JE NE LE MONTRE-RAI !!

HAN HAN
MERDE...
J'M'SUIS DÉCHAÎNÉE.
TATATAC
MAIS... J'AVAIS RAISON.
OUI.
TATATATAC
HUM ?
VLAAAN
CHAUSSON
IMBÉCIIILE !!
TU VEUX À CE POINT TE GRILLER DANS LE MILIEUUU !
TU VAS MÊME ÊTRE GRILLÉE DANS L'HUMANITÉ APRÈS CE QUE T'AS FAIT !!
VOUS... AVEZ VU...
CHAUSSON
JE VAIS TE... !
CHLAC CHLAAAC
AÏE, AÏE !
PAS AVEC UN CHAUSSOOOON
BONJOUR MONSIEUR.
LE PETIT DÉJEUNER EST SERVI.
MOUAIS...
OOOH
MON...
MON... MONSIEUR ?!

QUOI...
ON VOUS A VIOLÉÉÉ !
PARCE QUE MONSIEUR EST TROP BEAUUU...
MAIS NAAAN !! C'EST LA MODE !! LA MODE !!
MAIS QUELLE MOOODE ?!
ON VOIT PRESQUE LE TÉTON.
... JE NE SAIS PAS TROP NON PLUS.
... PFFF.
C'EST PARCE QUE CETTE MEUF FAIT DES SUÇONS À DES DRÔLES D'EN-DROITS...

D'AILLEURS POURQUOI UN MEC COMME MOI DOIT OBÉIR À CETTE PUCELLE !!
CRASH
ET QU'EST-CE QUE CETTE SENSATION ?! J'ME SENS TOUT TROUBLÉ...
J'ME SENS MAL !!
TIENS ?
MONSIEUR SE SENT MAL.
CES FRUITS... D'OÙ VIENNENT-ILS ?!
PRÉPAREZ TOUT DE SUITE AUTRE CHOSE !!
...

J'AI CHAUD.
IDIOT !
CHAUD ... LA MARQUE DES LÈVRES ...
QU'EST-CE QUI... M'ARRIVE... ?
HAAN
C'EST... TOUT BIZARRE...
PENDANT CE TEMPS...
CHLAC
CHLAC
APRÈS ÇA, TU COUCHERAS AVEC FUJIWARAAA !
AAAAAAH

LOVE CELEB

GINZÔ FUJIWARA* RÉSIDE À TOKYO, DANS LE QUARTIER DE FUJIWARA (?!)**.
ISSU D'UNE FAMILLE À L'IMMENSE RENOMMÉE, COMPRENANT DES GÉNÉRATIONS SUCCESSIVES DE PREMIERS MINISTRES.
PÈRE RÉGNANT À LA TÊTE DU MONDE DE LA FINANCE JAPONAISE, LEADER DU GROUPE FUJIWARA.
* LES FUJIWARA SONT UN CLAN DE LA NOBLESSE JAPONAISE, LEUR APOGÉE SE SITUE À L'ÈRE DE NARA, 710-794, NDT.
** CE QUARTIER N'EXISTE PAS, C'EST POURQUOI IL Y A UN POINT D'EXCLAMATION ET UN POINT D'INTERROGATION, NDT.
CAPITAL ESTIMÉ À 3 BILLIONS 400 MILLIARDS DE YENS, TROISIÈME FORTUNE DU MONDE.
IL EST CELUI... QUI VA HÉRITER DE TOUT CELA...

LA PETITE HISTOIRE DU CHOIX DU TITRE "LOVE CELEB"
EH BIEN, ON Y A BEAUCOUP PENSÉ, AU TITRE. CEUX QUI NOUS PLAISAIENT, CEUX QUI AVAIENT DE L'ALLURE. CE TITRE, C'ÉTAIT EN DERNIER RESSORT POUR NOUS.

UN JOUR, LA PERSONNE QUI S'EN CHARGEAIT EST ALLÉE VOIR DES LYCÉENNES AVEC DES PROPOSITIONS DE TITRES, EN SE DEMANDANT : "LEQUEL ?". ELLE A DEMANDÉ LEQUEL LES TOUCHAIT LE PLUS. ALORS IL PARAÎT QU'AUCUN NE LEUR DISAIT RIEN, ET FINALEMENT ELLE A SORTI "LOVE CELEB" EN DISANT QU'ON N'AVAIT PLUS QU'UN TITRE COMME ÇA... IL SEMBLERAIT QU'ELLES AIENT DIT DES CHOSES COMME: "C'EST SYMPA, ÇA !!". LA PERSONNE EN CHARGE A LE MÊME ÂGE QUE MOI, ET ON A PENSÉ : "AH, D'ACCORD...". ON A OPTÉ POUR "LOVE CELEB", EN PRENANT EN COMPTE LE POINT DE VUE DES LYCÉENNES. QU'EN PENSEZ-VOUS ?

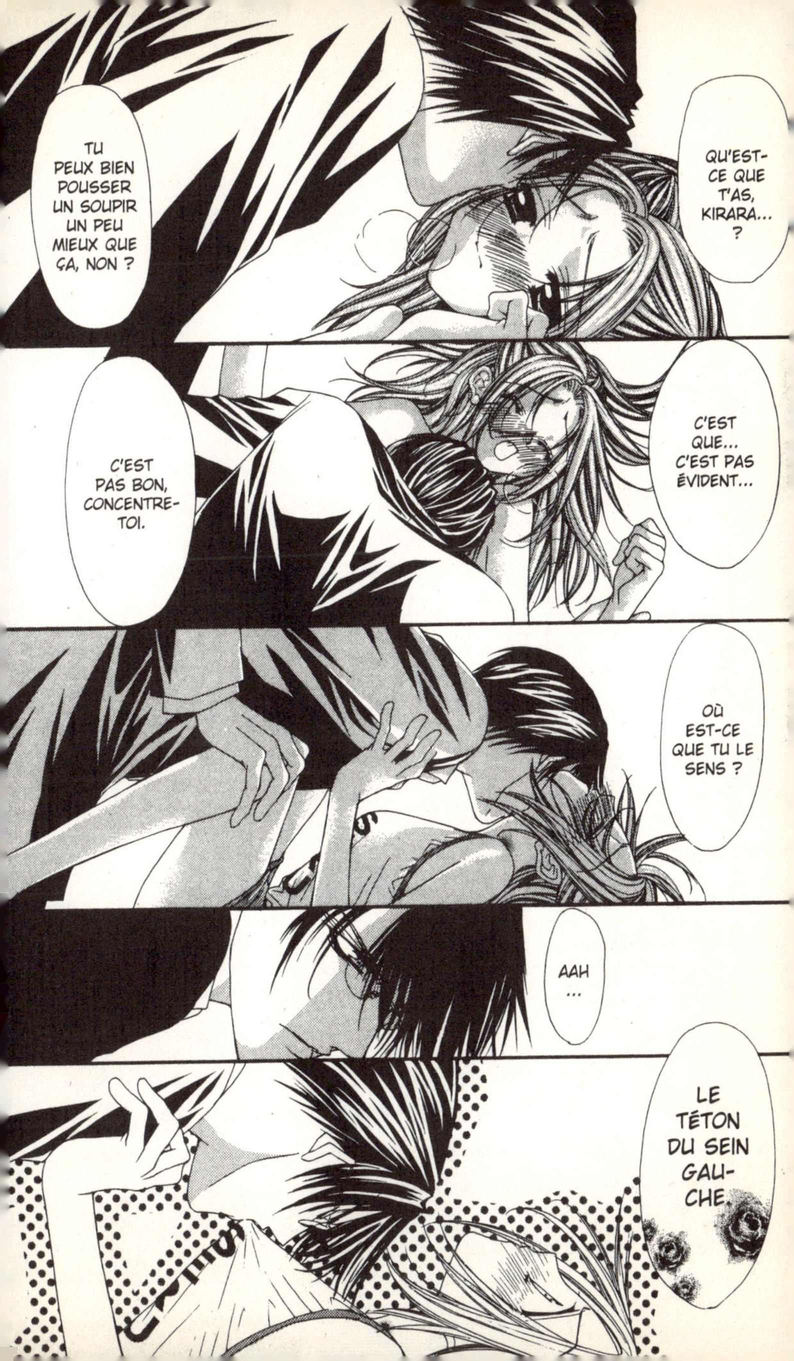
QU'EST-CE QUE T'AS, KIRARA... ?
TU PEUX BIEN POUSSER UN SOUPIR UN PEU MIEUX QUE ÇA, NON ?
C'EST QUE... C'EST PAS ÉVIDENT...
C'EST PAS BON, CONCENTRE-TOI.
OÙ EST-CE QUE TU LE SENS ?
AAH ...
LE TÉTON DU SEIN GAU-CHE

C'EST TROOOP, M. HANAMAKI !!
NAAAN, IL A MORDU MON TÉTOOON !
SEXUAL VIOLET
SAVE FOR YOU
GAMI-NE...
DE TOUTE FAÇON, À QUOI ÇA SERT DE S'ENTRAÎNER À COUCHER !
ON VA JUSQU'À MORDRE LE TÉTON ?!
C'EST LE CHAPITRE LE PLUS IMPORTANT !!
TAIS-TOI AVEC TON "TÉTON" "TÉTON" !!
HEIN ?
ÇA SUFFIT AVEC LES TÉTONS !!
MORDRE LE TÉTON ?
QUOI QU'IL EN SOIT, IL FAUT GARDER L'AFFECTION DE GINZÔ FUJIWARA.
POUR CELA, UN, COUCHER !! DEUX, COUCHER !! ET TROIS ET QUATRE ÉGALEMENT, CINQ AUSSI ! DU NERF !! DEVENIR UNE EXPERTE DU SEXE !!
ÇA VEUT DIRE QUE MON TALENT SE RÉSUME QU'À...
ABATTUE...
TU N'EN SAIS VRAIMENT PAS ASSEZ SUR GINZÔ FUJIWARA.

POUR QUE TU SOIS L'HÉROÏNE D'UN FILM ...
IL A CRÉÉ UNE BOÎTE DE PRODUCTION...
POUR QUE TU AIES LE PREMIER RÔLE DANS "GETSU 9", IL A ACHETÉ LA CHAÎNE DE TÉLÉVISION.
VOILÀ POURQUOI TU L'AS VU SUR LE PLATEAU.
À CE... POINT ?!
POUR LUI, TOUT ÇA N'EST RIEN ...
ÇA NE DOIT ÊTRE QU'UN JEU POUR TUER LE TEMPS.
SI T'ES UN JOUET, IL FAUT S'EFFORCER DE NE PAS LE LASSER.
...
MAIS ...

SI JE TOMBE AMOUREU-SE POUR DE VRAI...
QUE DOIS-JE FAIRE ?
JESUS SAVE FOR YOU
IL EST... HYPER À MON GOÛT ! IL EST BEAU !
SON VISAGE... SON STYLE, SA VOIX, SES GESTES, SON REGARD !
SI C'EST LUI LE PREMIER ET QUE JE NE POURRAI PAS L'OUBLIER ?
ALORS QUE JE SAIS QU'IL NE FAIT QUE S'AMUSER, QUE DOIS-JE FAIRE SI JE TOMBE AMOU-REUSE ?!

ALORS...
TU T'EN TROUVERAS UN AUTRE À AIMER...
HEIIIN...
FLOF
IL FAUT SÉPARER LE CŒUR ET LE CORPS.
POUR LE CORPS, GIN...

ET POUR LE COEUR...
POUR LE COEUR... ?
BON, MAINTENANT QUE C'EST ENTENDU, TU PARS AU QUARTIER FUJIWARA POUR VOIR FUJIWARA !!
QU... QUOI ?!
ESPÈCE DEEE ...
POURQUOI TU CROIS QU'ON S'EST ENTRAÎNÉS À COUCHEEER ?!
JESUS SAVE

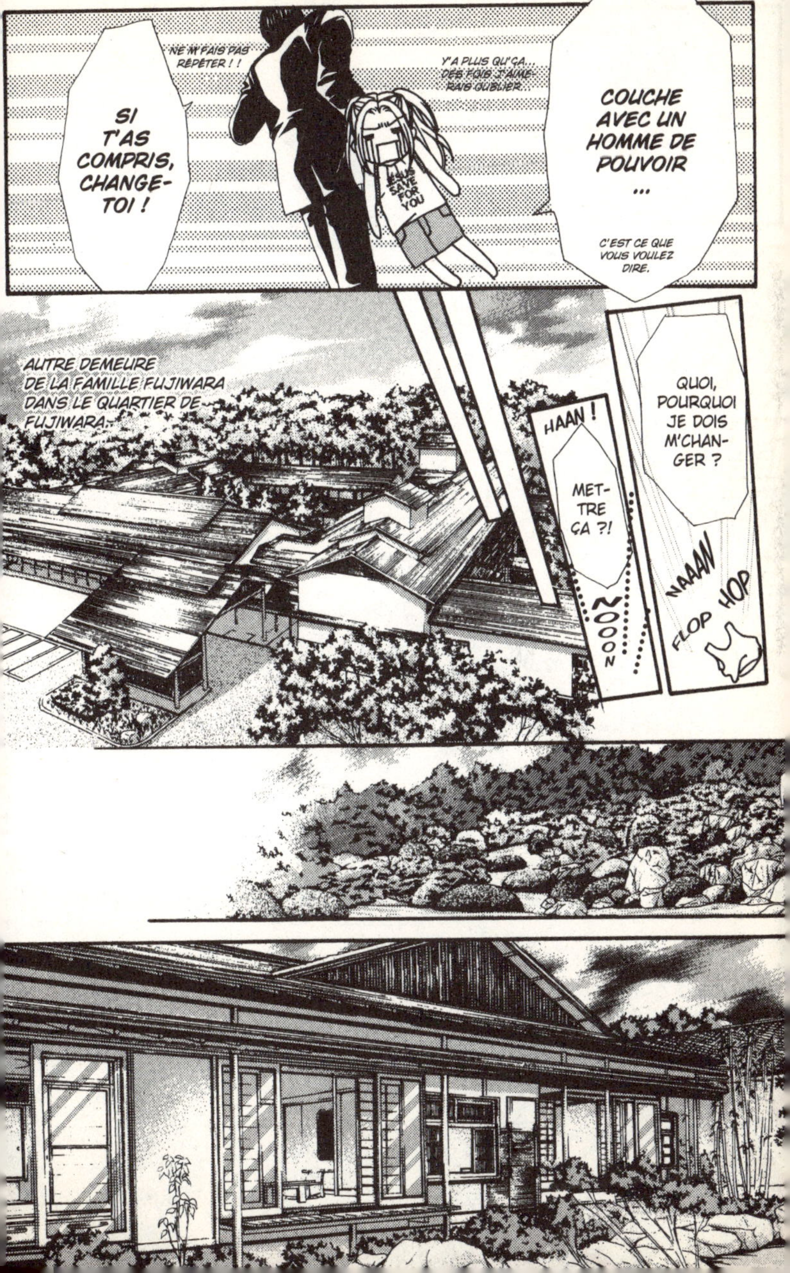
COUCHE AVEC UN HOMME DE POUVOIR ...
C'EST CE QUE VOUS VOULEZ DIRE.
Y'A PLUS QU'ÇA... DES FOIS J'AIME-RAIS OUBLIER.
NE M'FAIS PAS RÉPÉTER ! !
SI T'AS COMPRIS, CHANGE-TOI !
QUOI, POURQUOI JE DOIS M'CHAN-GER ?
NAAAN
FLOP HOP
HAAN !
MET-TRE ÇA ?!
NOOOON
AUTRE DEMEURE DE LA FAMILLE FUJIWARA DANS LE QUARTIER DE FUJIWARA.

CLIC
CLIC
FLUFF
OOOH, COMME C'EST RÉUSSI MONSIEUR... VOUS AVEZ DU TALENT DANS TOUT CE QUE VOUS FAITES.
CE N'EST PAS MOI, MAIS VOUS, QUI DEVRIEZ HÉRITER DE NOTRE MAISON, LA KASÔRYÛ.
PROFESSEUR...

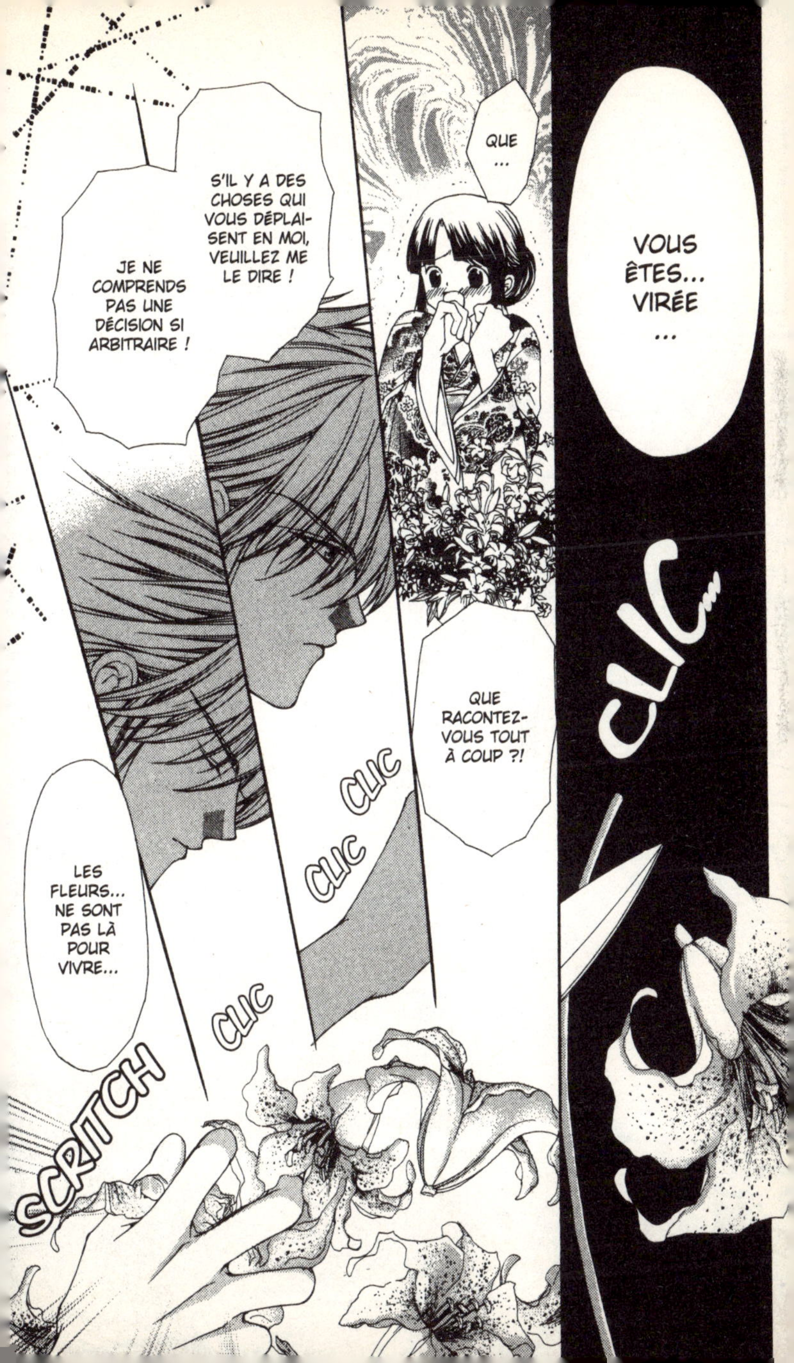
VOUS ÊTES... VIRÉE ...
CLIC...
CLIC
QUE ...
QUE RACONTEZ-VOUS TOUT À COUP ?!
CLIC CLIC
S'IL Y A DES CHOSES QUI VOUS DÉPLAISENT EN MOI, VEUILLEZ ME LE DIRE !
JE NE COMPRENDS PAS UNE DÉCISION SI ARBITRAIRE !
LES FLEURS... NE SONT PAS LÀ POUR VIVRE...
CLIC
SCRITCH

ON LES ARRACHE, N'EST-CE PAS ?
PEUR

TU AIMERAIS ...
OH ...
DIS ...
T'ES VIERGE, NON ?
OH ?
FROU
MON-SIEUR ...
AAH !
QUE JE... T'ARRACHE ?

OH !
AH ...
HAN ...
AAH ...
PI-TIÉ !
PITIÉÉÉ !
HUMF
C'EST CHIANT ...

L'ÂGE INGRAT...
ON LE FAIT ET ON LE REFAIT, MAIS C'EST UNE ENVIE SANS FIN...
JE NE SUIS SATISFAIT...
AAAAH ...
AVEC PERSONNE...
MON-SIEUUUR ...
PFF.
DEPUIS QUAND MON CORPS A CHANGÉ ?
MON-SIEUR GIN...
... GIN ...

GIN...
AH !
AAAH
ARGH !
QU... QU'AVEZ-VOUS ?
...
FROT FROT
REGARD FIXE
FIXE
MONSIEUR ?
POU... POURQUOI J'AI VU LE VISAGE DE CETTE STUPIDE VIERGE, À UN TEL MOMENT ?
UN VRAI DÉLIRE...

MONSIEUR... UNE PERSONNE DU NOM DE M. HANAMAKI EST ARRIVÉ.
HARAMAKI ?
"HANA" MAKI ...
CONNAIS PAS ! QU'IL S'EN AILLE, JE SUIS OCCUPÉ !!
AH ...
IL DIT QUE C'EST À PROPOS DE MADEMOISELLE KIRARA NAKAZONO...
KIRARA ?
J'ARRIVE.
MONSIEUR !
CLAC
MONSIEUR !!

JE ME PRÉSENTE À VOUS POUR LA PREMIÈRE FOIS.
JE SUIS... HANAMAKI, L'AGENT DE KIRARA NAKA-ZONO.
CETTE FOIS... ALORS QUE VOUS DAIGNEZ PRENDRE SOIN DE KIRARA ...
MAIS POUR LES ACTIONS SCANDALEUSES QUI ONT ÉTÉ COMMISES... JE NE TROUVE PAS DE MOT POUR EXPRIMER MON REGRET.
ET DONC, C'EST UN GES-TE INFIME DE NOTRE PART, MAIS...
HÉ !! KIRARA !!

HUM
... OUI ...
ON VA VOIR MA CULOTE ...
BOU...UUM
MAIS !
UN CHAT ?
JE L'AI PRÉPARÉE EN CHATON, PAR FANTAISIE.
HI HI HI HI HI
OÙ T'AS TROUVÉ CET ÉVENTAIL ?
VICTOIRE
... ET... QUE DOIS-JE FAIRE DE CETTE CRÉATURE ?
C'EST QUOI, ÇA ?
HAN. HAN..
COMME VOUS LE SAVEZ, C'EST UN CORPS QUI N'A PAS ENCORE CONNU D'HOMME.
ET ...

APPRENDRE DES TAS DE CHOSES À UN ANIMAL DOMESTIQUE, C'EST LE DEVOIR DU MAÎTRE ...
DONC... JE PEUX EN FAIRE CE QUE JE VEUX...
C'EST BIEN ÇA ?
QUOI QUE VOUS FASSIEZ, TOUT DÉPEND DE VOS ENVIES, MONSIEUR.
HANAMAKI ... T'ES UN HOMME INTELLIGENT, TU ME PLAIS.

* RÉFÉRENCE À UN TÉLÉFILM CULTE AU JAPON QUI SE DÉROULE SOUS LA FÉODALITÉ, NDT. ** UN PERSONNAGE DU FILM, NDT.

JE... J'AI L'HABITUDE...
ON M'A DÉJÀ FAIT PORTER DE PIRE COSTUMES QUE ÇA, POUR DES ÉVÉNEMENTIELS OU DES ÉMISSIONS TARDIVES ...
SI J'AI HONTE, C'EST DEVANT LUI...
MAIS À QUEL POINT TU ES VICELARDE ?
J'AI L'IMPRESSION D'VOIR UN TRUC HORS NORME...
T... TOI AUSSI !
T'AS UNE TENUE HYPER CO... COCOCOCO-CHONNE !!
HEIN ?
ET C'EST À CAUSE DE QUI, IDIOTE ?!
QUOI... DE QUI ?
AH...

LE SUÇON...
QUE JE LUI AI FAIT...
TU DEVAIS ME MASSACRER SI JE LE CACHAIS.
PFFF
C'EST VRAI...
ROUUUUGE
JE L'AI DIT...
AAAH, J'AI HOOONTE
FLAP FLAP
TU VAS ARRÊTER, OUI ?!
C'EST MOI QUI AI HOOONTE !
ELLES BOUGENT, CES OREILLES ?!
...

FRUUUT
QUE… QUE… QUE… QUOI
RESTE TRANQUILLE.
JE VAIS T'ENLEVER…TON COLLIER.
CLIC CLIC
AH …
DRING
BA BOM BA BOM
OUAAAH, IL EST SI PRÈS, SI PRÈS, SI PRÈÈÈS !
LES SUÇONS …

AH...
ON EST ASSORTIS.
BA BOM
QUOI...
LE SUÇON QUE J'AI FAIT...
ET CEUX QU'IL M'A FAITS...

HA...
HI HI
ASSORTIS...
J'AVAIS SUPER HONTE QU'ON LE VOIE.
POC
MOI J'SUIS CARRÉMENT PASSÉE À LA TÉLÉ...
ALORS NE VA T'AP-PROCHER.
POU... POUR-QUOI ?!
PARCE QUE T'ES À MOI !!
ET... ET TOI ?
J'TRIPOTE TES LÈVRES

SMACK...
NNG
NNNG
MM ...
TCHAK
TU VEUX... QUE JE SOIS À TOI ?

MIAOU ?
BRR
BRR
BRR
UN MEC COMME MOI, QUI...
JUSTE AVEC UN BAISER, J'ALLAIS...
BA BOM BA BOM BA BOM
ÇA CRAIGNAIT VRAIMENT ...
J'L'AI ÉCHAPPÉ BELLE
?
J'SUIS PUCEAU, OU QUOI ?!
ROUUUUGE
GIN ?
GIN !!
BABOMMMM
QU'EST-CE T'AS ?!
JE... VOUDRAIS TE DEMANDER...

TES CHEVEUX ...
JE PEUX LES TOUCHER ?
QUOI ?
HEIN ?!
MES CHEVEUX ?!
POU... POURQUOI ?!
COMME ÇA...
LA PREMIÈRE FOIS QUE J'T'AI VU...
J'AI PENSÉ QUE T'AVAIS DE BEAUX CHEVEUX ARGENTÉS... ALORS ...
LIBRE À TOI.

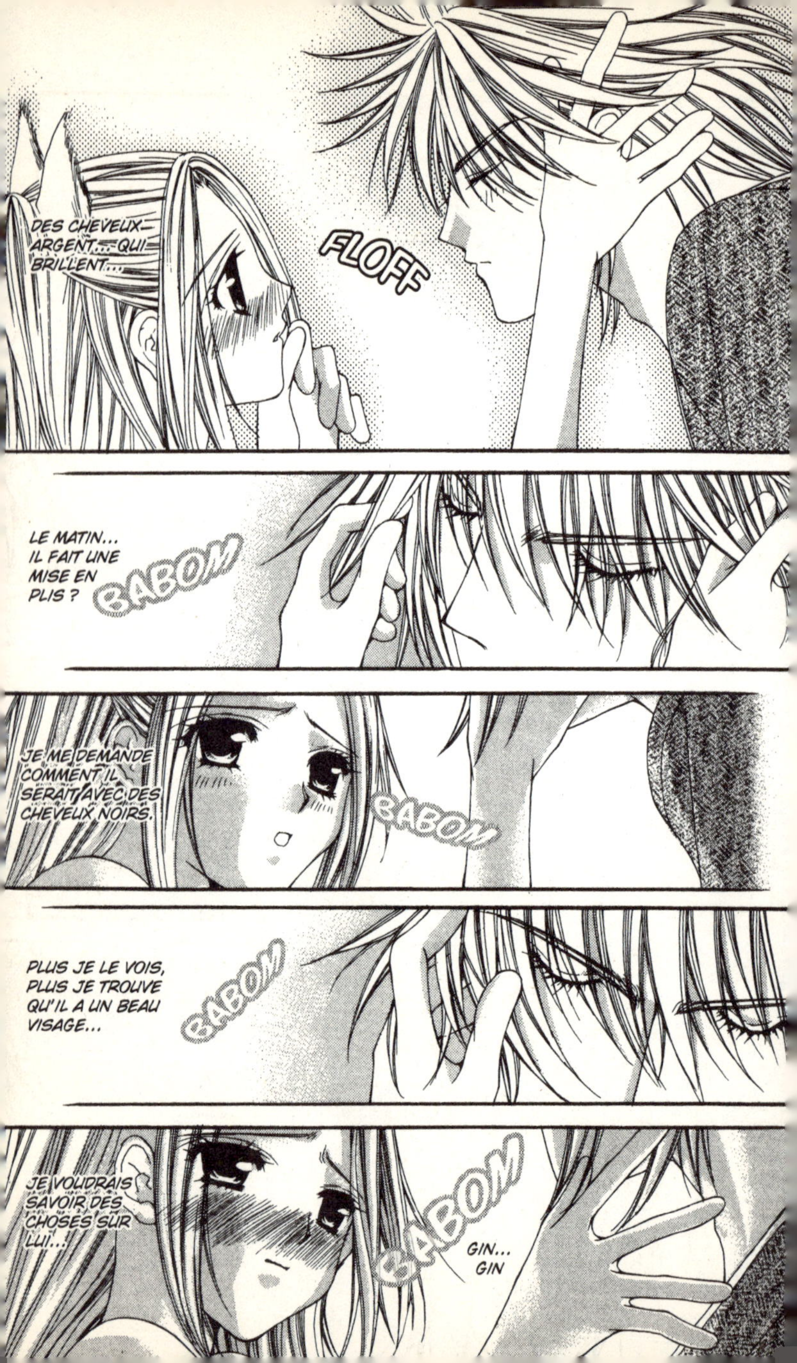
FLOFF
DES CHEVEUX ARGENT... QUI BRILLENT...
BABOM
LE MATIN... IL FAIT UNE MISE EN PLIS ?
BABOM
JE ME DEMANDE COMMENT IL SERAIT AVEC DES CHEVEUX NOIRS.
BABOM
PLUS JE LE VOIS, PLUS JE TROUVE QU'IL A UN BEAU VISAGE...
GIN... GIN
BABOM
JE VOUDRAIS SAVOIR DES CHOSES SUR LUI...

JE... J'APPARTIENS... À GIN !
GRIP
ROUUUGE
PLAF

JE...
N'EN PEUX PLUS...
TCHAK

S'IL TE PLAÎT...
RESTE TRANQUILLE, ET LAISSE-MOI TE PRENDRE...
GIN !!
JE...

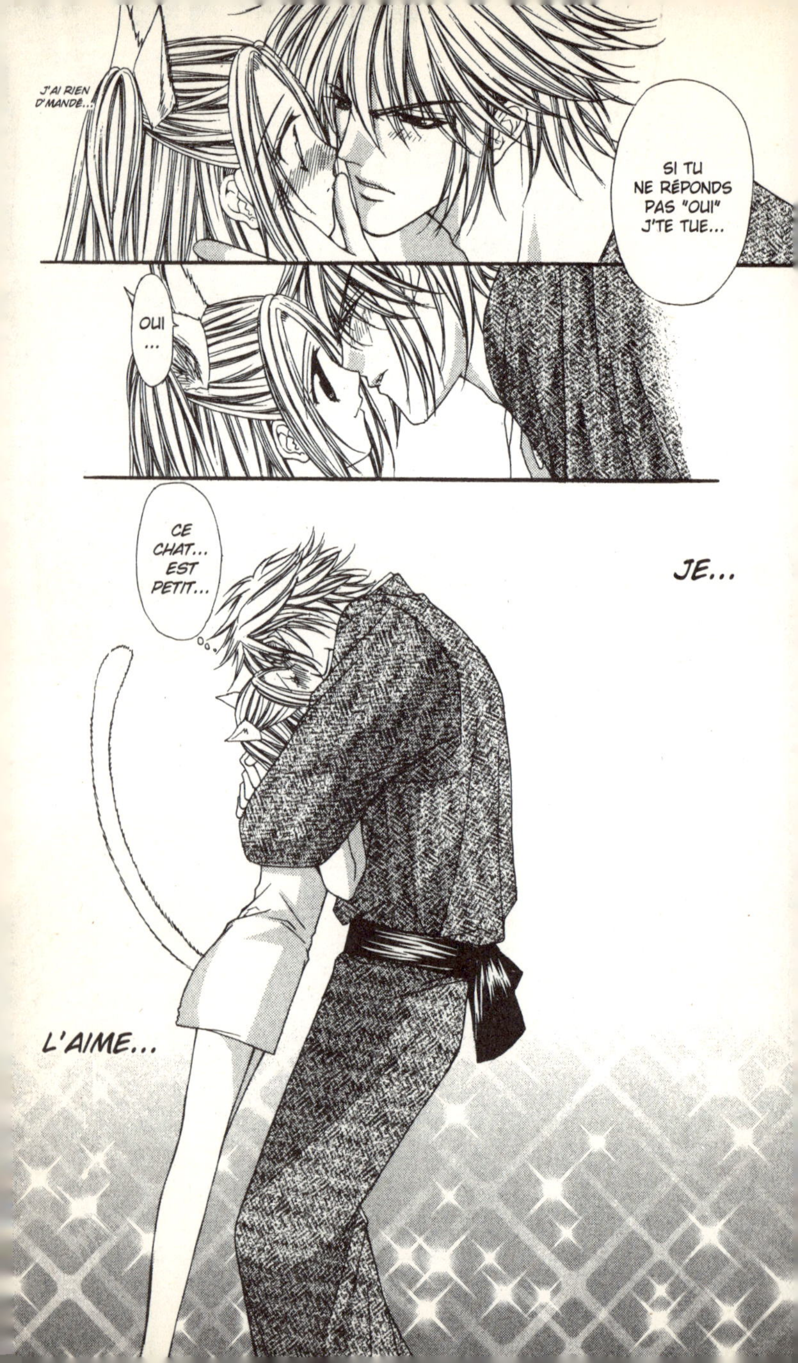
SI TU NE RÉPONDS PAS "OUI" J'TE TUE...
J'AI RIEN D'MANDÉ...
OUI ...
JE...
CE CHAT... EST PETIT...
L'AIME...

AAH... IL Y A BEAUCOUP DE POINTS À ABORDER DANS CES CASES CONSACRÉES À L'AUTEUR ET SES LECTEURS. LE SECRET DE GIN, LE LIEU DE TRAVAIL, LES HISTOIRES CACHÉES DE L'ŒUVRE. MAIS JE NE SAIS PAS PAR QUOI COMMENCER ! J'IMAGINE QUE VOUS AIMERIEZ CONNAÎTRE LE PROFIL DES PERSONNAGES, LEUR FACE CACHÉE, IL Y EN A PLEIN ! IL Y EN AURAIT POUR DEUX VOLUMES. JE SOUHAITE AUSSI, EN UN VOLUME, PRÉSENTER QUELQUE CHOSE DE DRÔLE. ♡
J'ATTENDS VOS SUGGESTIONS :

MAYU SHINJO
101-8001 TÔKYÔ-TO CHIYODAKU HITOTSUBASHI
2-3-1 SHÔGAKUKAN SHÔJO COMIC HENSHÛBU
SITE OFFICIEL DE MAYU SHINJO : HTTP://WWW.MAYUTAN.COM

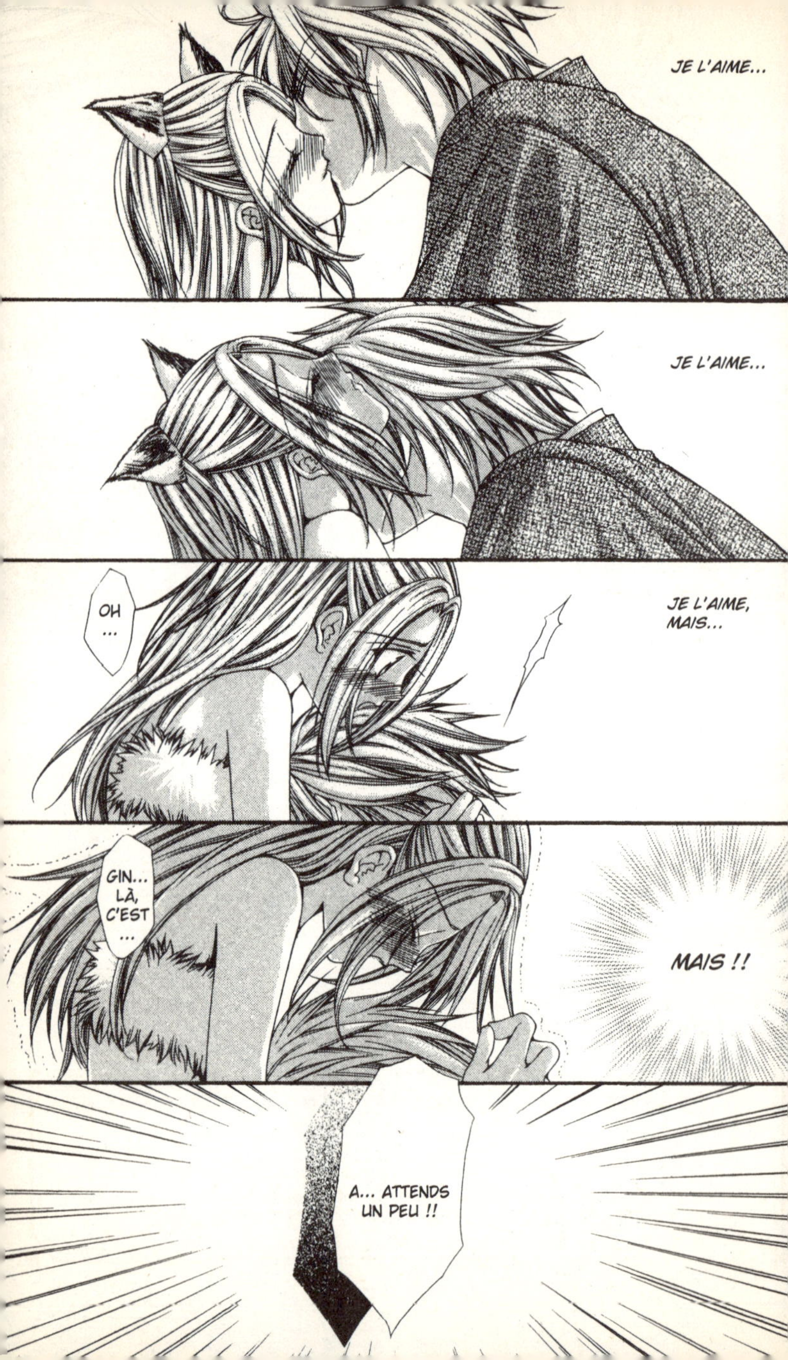
JE L'AIME...
JE L'AIME...
JE L'AIME, MAIS...
OH ...
MAIS !!
GIN... LÀ, C'EST ...
A... ATTENDS UN PEU !!

COMBIEN DE SECONDES ?!
SECONDES...
C'EST RAPIDE
HEU... BEN...
HAN
HAN
HUM
HUM
C'EST QUE ...
J'AI BESOIN D'UNE PRÉPARATION PSYCHOLO-GIIIQUE ...
HA ...

VA PRENDRE UN BAIN LA PREMIÈRE...
HEIN...
C'EST AU FOND, EN SORTANT À GAUCHE.
AH...
MAIS OUI !! LE BAIN !!
DANS LES FEUILLETONS AUSSI, ILS PRENNENT DES DOUCHES !!
OU... OUI...
ÇA ME RASSURE... NON, PAS VRAIMENT...
BON... J'Y... VAIS...
À TOUT'
...
CLAC

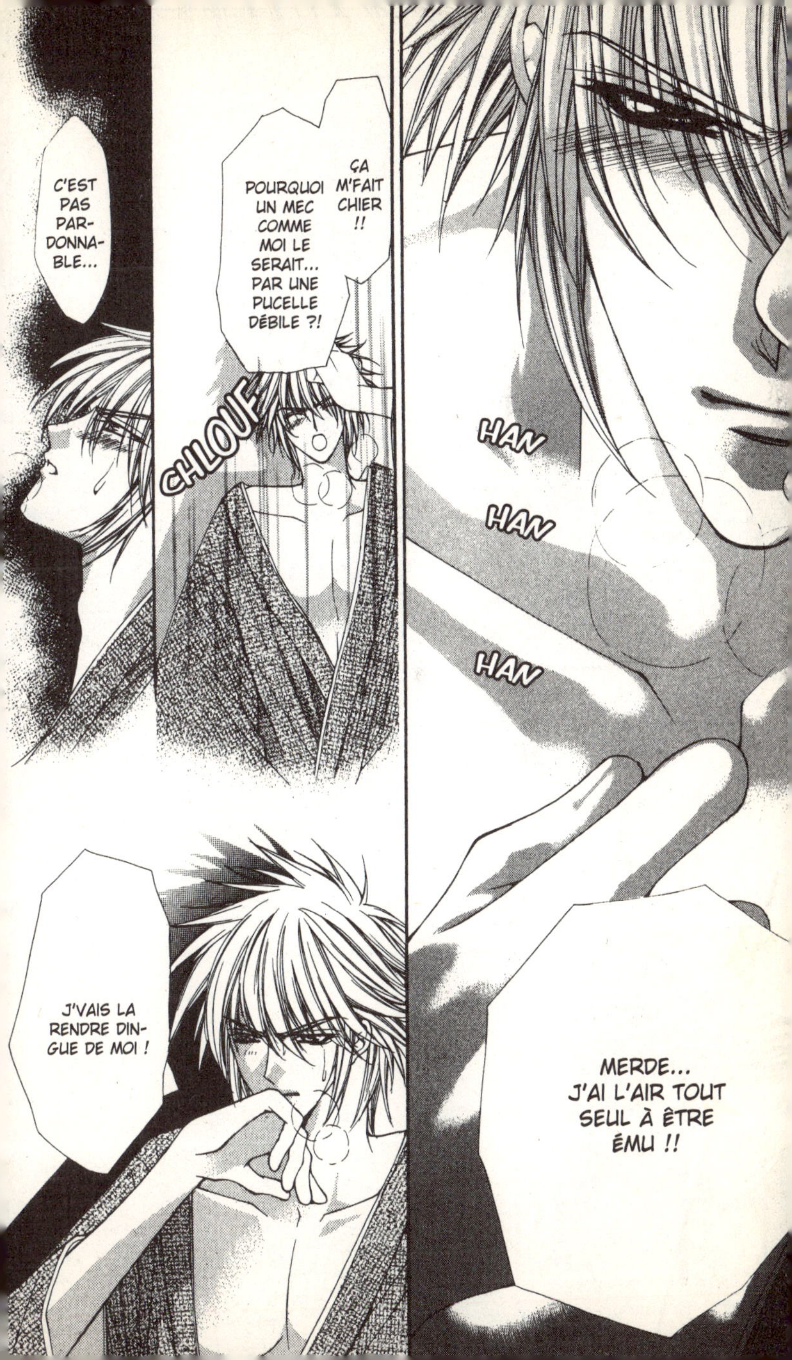
HAN
HAN
HAN
MERDE... J'AI L'AIR TOUT SEUL À ÊTRE ÉMU !!
ÇA M'FAIT CHIER !!
POURQUOI UN MEC COMME MOI LE SERAIT... PAR UNE PUCELLE DÉBILE ?!
CHLOUF
C'EST PAS PAR-DONNA-BLE...
J'VAIS LA RENDRE DIN-GUE DE MOI !

HÉ, SERVANTE !!
TCHAC
VOUS... VOUS M'AVEZ APPELÉE, MONSIEUR ?
PRÉPARE LE FUTON DANS CETTE CHAMBRE, ET TOUT DE SUITE !!
OUI MONSIEUR.
ET... COMBIEN DOIS-JE EN INSTALLER ?
HEIN ?
UN...
UN...
?
BABOOOM

UN SEUL...
TAP TAP TAP
LE SOUTIF
ENLEVÉ !
ALLEZ ALLEZ
OH LÀ LÀ !!
J'AI RETIRÉ MON SOUTIF ET MON SLIP CHEZ QUELQU'UN !!
BIEN QUE CE SOIT AU BAIN !!
FLICH
GARAM
C'EST ...
GRAND !
PADAAAAM

TAP
OUA-OUUUH, UN IMMENSE BAIN PUBLIIIC !
SPLASH
LA LA
HAN !
JE NAGE DANS LE BONHEUR, ET J'OUBLIAIS !!
OÙ EST PASSÉE LA TIMIDITÉ DE TOUT À L'HEURE ?!
"DANS CE TYPE DE CIRCONSTANCE, JUSQU'OÙ DOIT-ON SE LAVER ?"
QUESTION DE MADEMOISELLE KIRARA NAKAZONO, TOKYO.
DITES-MOIII
ON VA JUSQU'À SE LAVER LES CHEVEUX ?
DANS LES FEUILLETONS, ILS PRENAIENT QUE DES DOUCHES !!
ET PUIS !!
GIN... QUE VA-T-IL ME FAIRE... ?
NOOON, SALE VICIEUUUX !
IL SEMBLERAIT QU'ELLE AIT EU UN FANTASME...
COMMENT FAIRE... COMMENT FONT LES AUTRES... ?
M. HANAMAKI... IL NE M'A PAS RENSEIGNÉE...

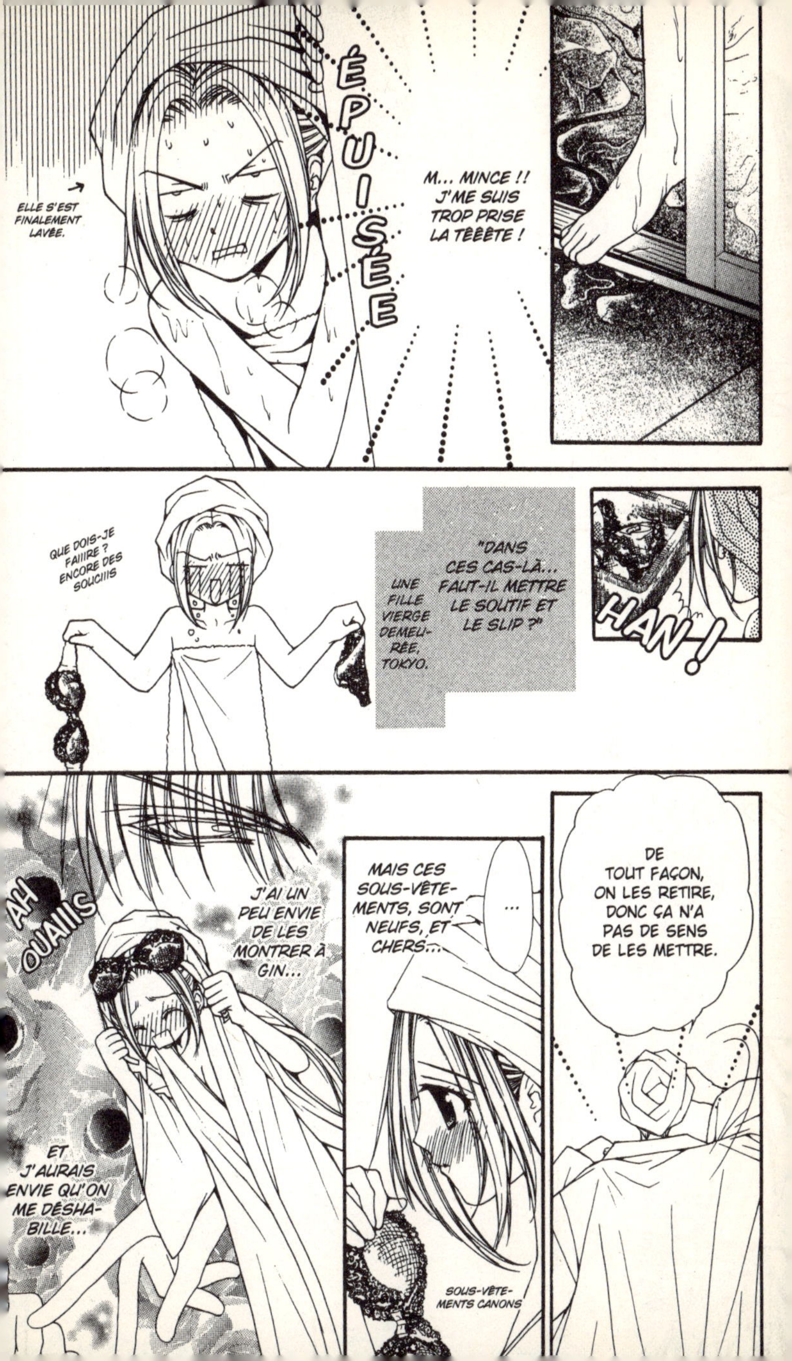
M... MINCE !! J'ME SUIS TROP PRISE LA TÊÊÊTE !
ÉPUISÉE
ELLE S'EST FINALEMENT LAVÉE.
HAN !
"DANS CES CAS-LÀ... FAUT-IL METTRE LE SOUTIF ET LE SLIP ?"
UNE FILLE VIERGE DEMEURÉE, TOKYO.
QUE DOIS-JE FAIIIRE ? ENCORE DES SOUCIIIS
DE TOUT FAÇON, ON LES RETIRE, DONC ÇA N'A PAS DE SENS DE LES METTRE.
...
MAIS CES SOUS-VÊTEMENTS, SONT NEUFS, ET CHERS...
SOUS-VÊTEMENTS CANONS
J'AI UN PEU ENVIE DE LES MONTRER À GIN...
AH OUAIIIS
ET J'AURAIS ENVIE QU'ON ME DÉSHABILLE...

OUI, MAIS S'IL DIT QU'IL A LA FLEMME DE ME DÉS-HABILLER, ET QU'IL ME DEMANDAIT DE RETOURNER AU BAIN ?
BLA BLA
BLA BLA
PEUT-ÊTRE QUE SI JE NE PORTE RIEN, IL VA CROIRE QUE JE SUIS UNE FILLE ULTRA CO-CHONNE ?
QUE FAIRE ?
QU'EST-CE QU'ELLE FOUT ?
CETTE MEUF... ELLE LAVE QUOI ?
VICIEUUUSE
GARAM...
MERCI... POUR LE BAIN.
T'ES TROP LENTE !
T'AVAIS L'INTEN-TION DE M'FAIRE ATTENDRE COMBIEN DE...

PA... PARDON ...
LA... BAIGNOIRE EST SI GRANDE QUE JE ME SUIS ATTARDÉE...
PAR EXEMPLE...
OH ...
POUM
TIENS ?
TIENS ?
TU... T'AS PAS UN AIR PLUS MATURE ?
Y'A UN TRUC QUI A CHANGÉ ! !
HEIN ?! EUH... PEUT-ÊTRE LA COIFFURE ?
ICI LE CHANGEMENT
AH, OUAIS.
D'ACCORD...

QUE... REGARDE-T-IL ?!
JE... J'AI FAIT UNE ERREUR ?!
L'ODEUR DU SAVON...
LE SHAMPOING ?
BA BOM
BA BOM
BA BOM
EN YUKATA* ...
BA BOM
*VÊTEMENT TRADITIONNEL EN COTON, NI

TCHAK
JE VAIS... PRENDRE UN BAIN !!
GIN...
AH, OUI... LUI AUSSI, IL VA EN PRENDRE UN.
MON COEUR S'EST MIS UN PEU À BATTRE
J'AI CRU QUE ÇA Y ÉTAIT !!
AH, UN FUTON !!
J'AVAIS PAS VU !! EN PLUS, QU'UN SEUL !!

POUF
...
PAPAF PAPAF
J'EXAMINE...
MMM... MMM...
AAAH ! IL FAUT RESTER OCCUPÉE, SINON JE ME METS À IMAGINER DES TRUCS !
LES PUISSANTS FANTASMES D'UNE VIERGE !!
GIN
HAN HAN
KI-RARA
GIN !
KIRA-RA !
ANGE DÉCHU
JE SUIS UNE COCHOOO-NE !

JE SUIS...
UN PEU PLUS CALME..
C'EST CETTE VIERGE ! ELLE EST TROP SEXY !!
J'ESPÈRE QUE... ELLE S'EST PAS CASSÉE EN PRE-NANT PEUR.
C'EST PAS POSSI-BLE ...
...
SPLAAASH
ET MERDE !!

MAIS QU'EST-CE QUI M'AR-RIVE !!
JE N'ARRIVE PAS À ÊTRE COMME D'HABITUDE...
MEEERDE !
TAP TAP
TAP TAP
POURQUOI JE COUUURS ?!
C'EST...
QU'IL EST TROP LOOONG, CECOULOIR !!
J'VAIS INSTALLER UN TAPIS MÉCA-NIQUE
TAP TAP
POURQUOIII...
GARAAAM

TU... TU M'AS FAIT PEUUUR !
GI... GIN... ? QU'EST-CE QU'IL Y A ?
AH...
T'ES LÀ !!
... LÀ ?
OUI, J'SUIS LÀ...

T'ES LÀ...
T'ES BIEN LÀ.
BA BOM
BA BOM
J'SUIS LÀ.
J'PEUX RESTER... NON ?
OH
MAIS ENFIN... QU'EST-CE QUE T'AS ?
T'AS MÊME PAS ESSUYÉ TES CHEVEUX...
BA BOM

AU SORTIR DU BAIN...
HAN
HAN
HAN
IL EST TERRIBLEMENT SEXY !!

FAUT... FAUT PAS REGARDER ! C'EST TROP D'SENSATIONS !
C'EST... PARCE QUE T'ARRIVES EN TROMBE, TU TRANSPIRES...
JE... VAIS CHERCHER UNE SERVIETTE...
LAISSE TOMBER. DONNE-TOI À MOI.
HEUUU, LA SERVIETTE, LA SERVIETTE...
ÇA FAIT COMBIEN DE SECONDES, QUE J'ATTENDS ?!
DONNE-TOI À MOI !
AAAH, C'ÉTAIT P'T'ÊTRE PAR LÀ ?
KIRARA !!
ÉCOUTE-MOI !!
GRIP
NAN ...
LÂCHE-MOI !

TOUTE ROUGE... ON DIRAIT UN SINGE...
HA
BAH ALORS ? DÉJÀ EXCITÉE ? ON A ENCORE RIEN FAIT.
JE VOULAIS SEULE-MENT... UNE SER-VIETTE...
T'ES TOUT D'UN COUP FONCEUR...
UNE SERVIETTE ? ON S'EN FOUT !
MAIS... SINON ...

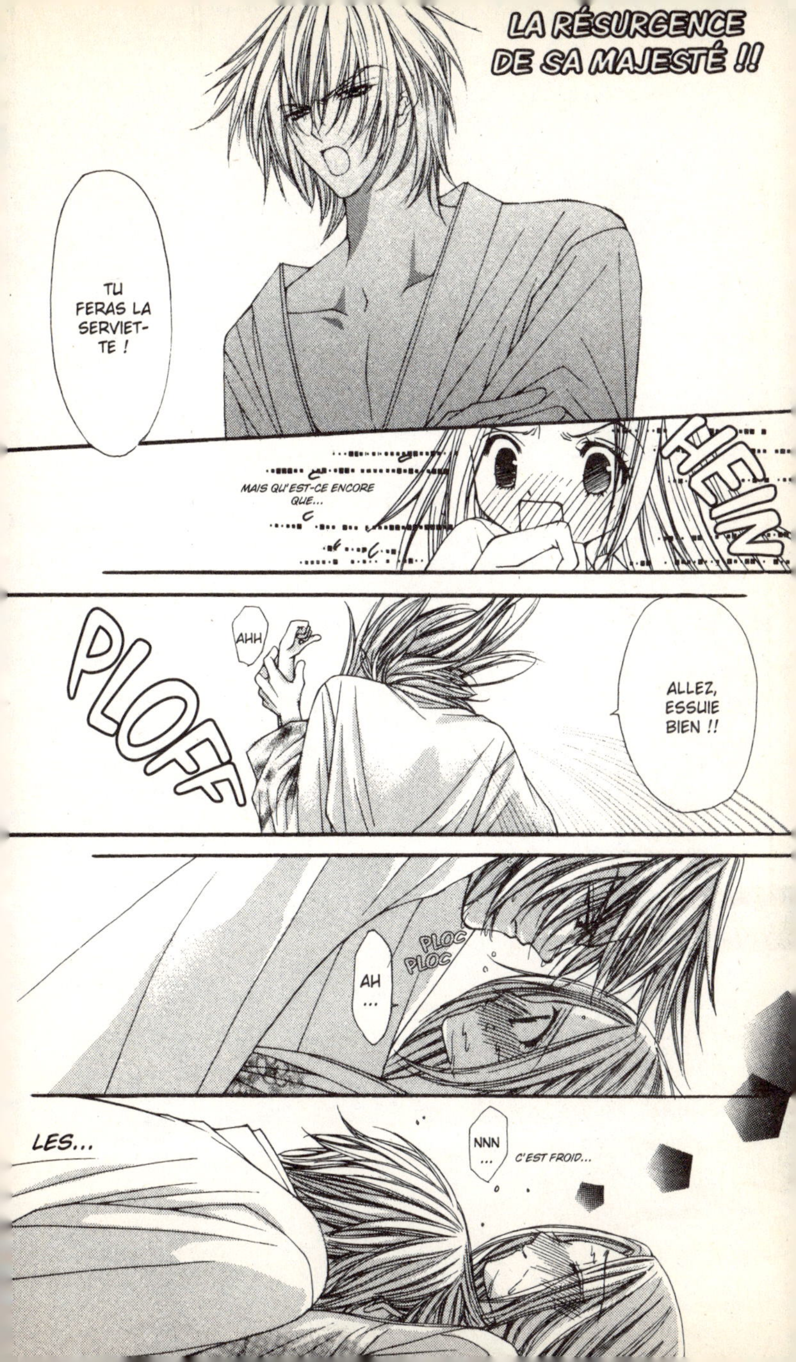
LA RÉSURGENCE DE SA MAJESTÉ !!
TU FERAS LA SERVIET-TE !
HEIN
MAIS QU'EST-CE ENCORE QUE...
ALLEZ, ESSUIE BIEN !!
AHH
PLOFF
PLOC PLOC
AH ...
NNN ...
C'EST FROID...
LES...

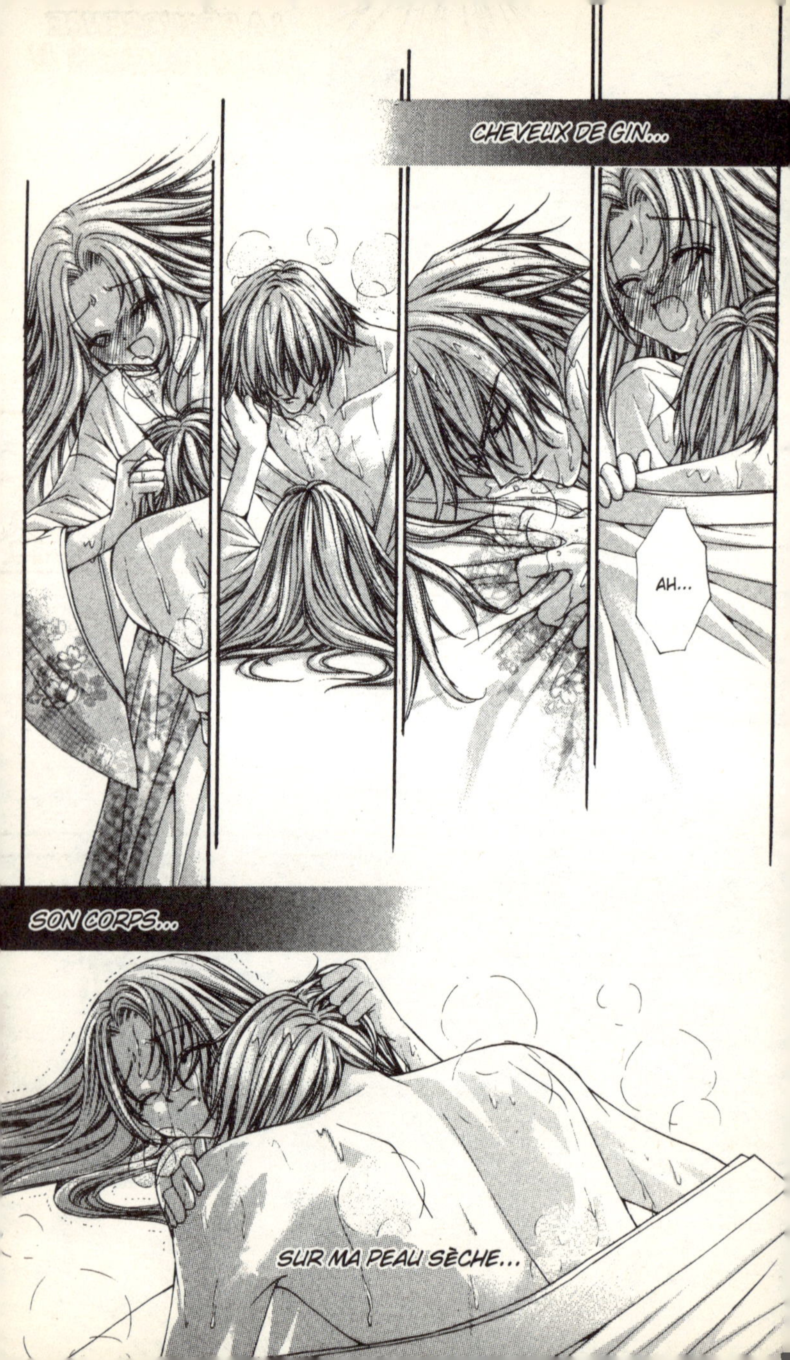
CHEVEUX DE GIN...
AH...
SON CORPS...
SUR MA PEAU SÈCHE...

DÉGOULINE...
AAH !
GIN !!
ARRÊTE GIN ! J'VAIS ÊTRE TOUTE TREMPÉE !
ÇA VA MOUILLEEER !
ÇA VA MOUILLEEER !
ROUUUGE
QUOI ?
AUTANT ?!
... C'EST QUOI ÇA ? ...

VICIEU-SE !
VI-CIEUSE, ET ...
GRIP
UNE MEUF DE LA HONTE !
JE VAIS TE...
... TREMPER DE LA TÊTE AUX PIEDS !!

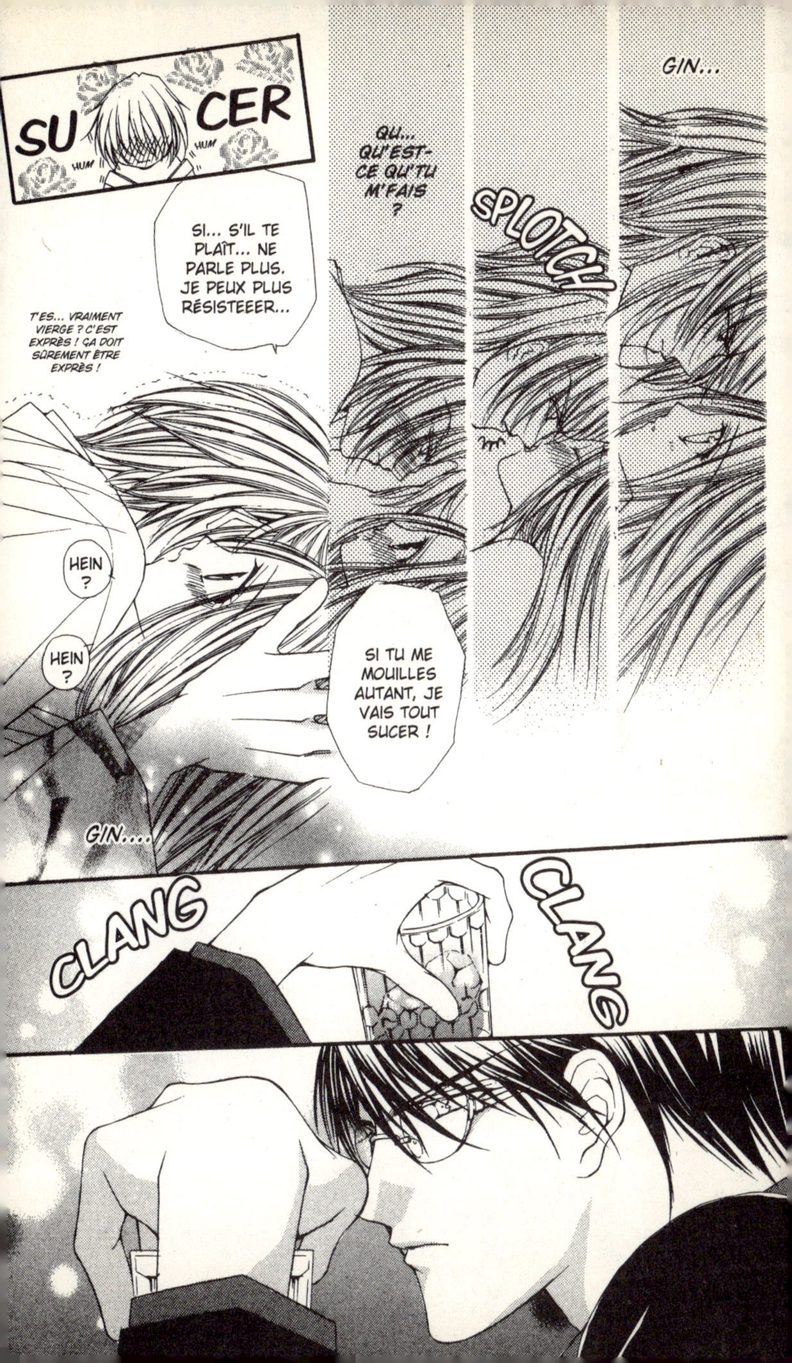
GIN...
QU... QU'EST-CE QU'TU M'FAIS ?
SPLOTCH
SU CER
HUM
HUM
SI... S'IL TE PLAÎT... NE PARLE PLUS. JE PEUX PLUS RÉSISTEEER...
T'ES... VRAIMENT VIERGE ? C'EST EXPRÈS ! ÇA DOIT SÛREMENT ÊTRE EXPRÈS !
SI TU ME MOUILLES AUTANT, JE VAIS TOUT SUCER !
HEIN ?
HEIN ?
GIN....
CLANG
CLANG

TIENS... UN BEL AGENT TOUT SEUL, C'EST TRISTE.
JE PEUX M'AS-SOIR... À CÔTÉ ?
HOP
AYA-KA...
C'EST PAS BIEN... IL NE FAUT PAS QU'UNE MINEURE VIENNE DANS UN ENDROIT COMME ICI ...
DIS PAS ÇA, ON EST DU MÊME MILIEU !!
MAIS PLUTÔT... ON DIRAIT QUE TU M'AS SUIVI... TU AS QUELQUE CHOSE À ME DIRE ?
OH... TU AS DE-VINÉ ? C'EST BIEN TOI...
JE VOULAIS JUSTE TE DONNER UN CONSEIL ...
UN CON-SEIL ?

TA CHARMANTE KIRARA... SI ELLE COUCHE AVEC GIN, ELLE PERDRA TOUT ...
EH BEN... TOUT... C'EST BEAUCOUP ...
UN "BLACK VELVET", POUR LA DEMOISELLE S'IL VOUS PLAÎT...
OOOH, MERCIII !
TU ME RACONTES EN DÉTAIL ?
KIRA-RA...
ENLÈVE TA MAIN ... ÇA M'GÊNE !
M... MAIS
ENLÈVE !!

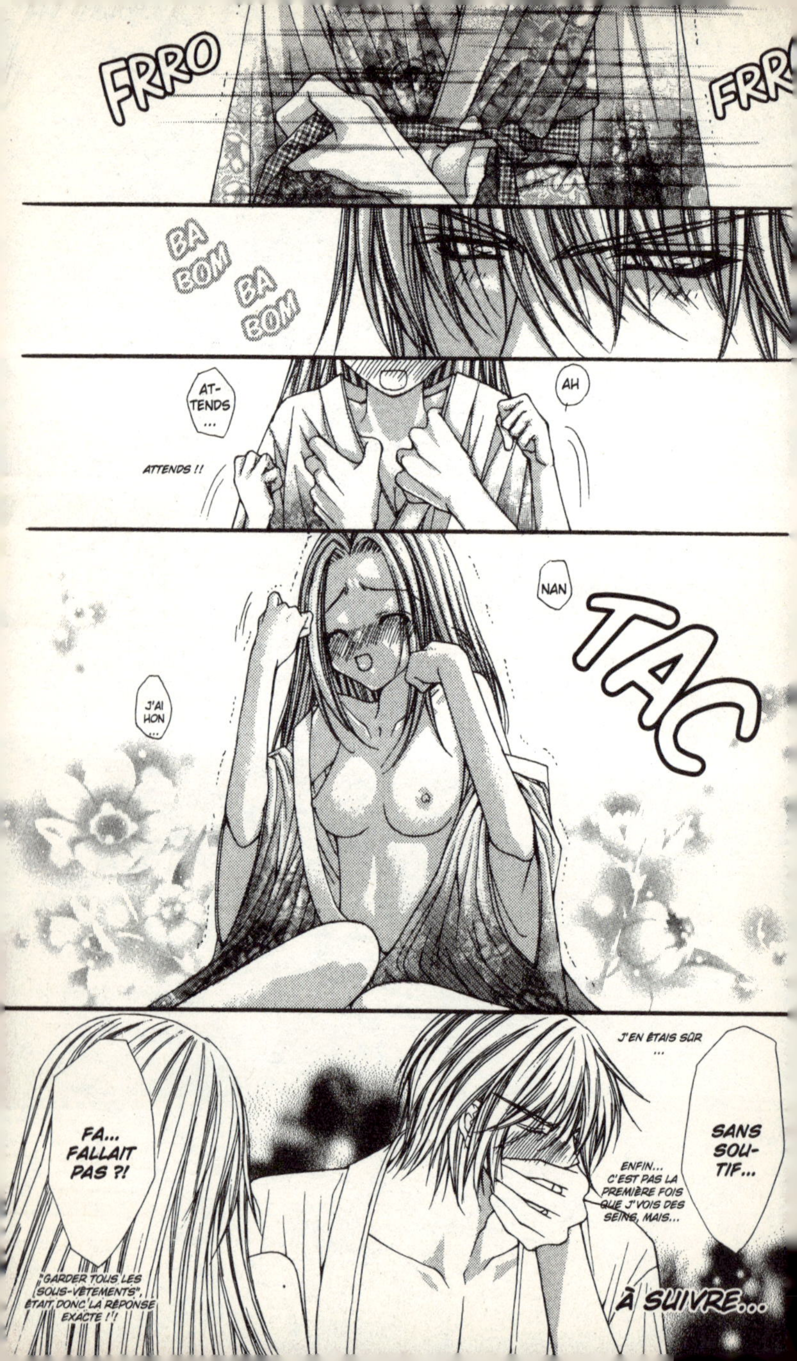
FRRO
FRRO
BA BOM
BA BOM
AH
AT-TENDS ...
ATTENDS !!
NAN
TAC
J'AI HON ...
J'EN ÉTAIS SÛR ...
SANS SOU-TIF...
ENFIN... C'EST PAS LA PREMIÈRE FOIS QUE J'VOIS DES SEINS, MAIS...
FA... FALLAIT PAS ?!
"GARDER TOUS LES SOUS-VÊTEMENTS", ÉTAIT DONC LA RÉPONSE EXACTE !!
À SUIVRE...

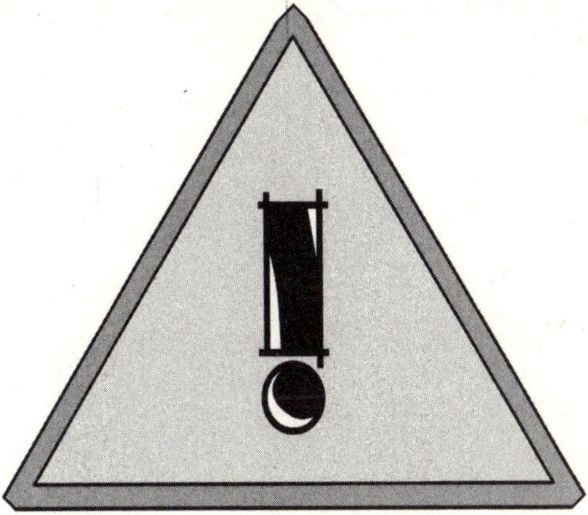

ATTENTION

VOUS ÊTES À LA DERNIÈRE PAGE. POUR LIRE LE DÉBUT DE L'HISTOIRE, RETOURNEZ LE LIVRE.

Imprimé en France par Aubin - Imprimeur